谨以本书献给我们敬爱的恩师——李燕杰教授

老同学诗抄

孙月焕 主编

中国华侨出版社
北京

图书在版编目（CIP）数据

老同学诗抄 / 孙月焕主编 . —北京：中国华侨出版社，
2018.8

ISBN 978-7-5113-7750-0

Ⅰ. ①老… Ⅱ. ①孙… Ⅲ. ①诗集－中国－当代
Ⅳ. ① I227

中国版本图书馆 CIP 数据核字（2018）第 169790 号

老同学诗抄

主　　编 / 孙月焕
责任编辑 / 付改兰
封面设计 / 天之赋设计室
经　　销 / 新华书店
开　　本 / 710 毫米 × 1000 毫米　1 / 16　印张 / 23.75　字数 / 442 千字
印　　刷 / 北京宏伟双华印刷有限公司
版　　次 / 2018 年 11 月第 1 版　2018 年 11 月第 1 次印刷
书　　号 / ISBN 978-7-5113-7750-0
定　　价 / 38.00 元

中国华侨出版社　北京市朝阳区静安里 26 号通成达大厦 3 层　邮编：100028
法律顾问：陈鹰律师事务所
编辑部：（010）64443056　64443979
发行部：（010）64443051　传真：（010）64439708
网　　址：www.oveaschin.com
E-mail：oveaschin@sina.com

《老同学诗抄》编委会

主　　任　李燕杰　我国首位德育教授　著名演讲教育艺术家和社会活动家
　　　　　　　　　世界华人教育艺术家和演讲艺术家委员会总干事长
副 主 任　孙月焕　中企华资产评估公司董事长　中国女企业家协会副会长
　　　　　　　　　（首都师范大学中文系六八届毕业生）

　　　　　付经志　中国人民公安大学文艺理论教研室原主任　三级警监
　　　　　　　　　（首都师范大学中文系六八届毕业生）

执行编委　黄建霖　人民邮电出版社编审（首师大中文系六八届毕业生）
　　　　　齐生平　解放军国防大学教授（首师大中文系六八届毕业生）

编　　委　（以下以姓氏笔画为序）
　　　　　邢　莉　中央民族大学教授（首师大中文系六八届毕业生）
　　　　　刘凤兰　清华大学教授（首师大美术系六八届毕业生）
　　　　　刘铁梁　北京师范大学教授（首师大中文系六八届毕业生）
　　　　　刘铁铮　北京昌平一中特级教师（首师大中文系六八届毕业生）
　　　　　何贤景　北京十五中特级教师（首师大中文系六八届毕业生）
　　　　　张之路　中国作家协会一级作家（首师大物理系六八届毕业生）
　　　　　商　传　中国社会科学院研究员（首师大历史系六八届毕业生）

《老同学诗抄》编辑部

主　编　孙月焕

副主编　齐生平　黄建霖

主　任　茹　宁
副主任　景淑静

编　辑　（以下以姓氏笔画为序）

戎俊生　任怀晋　刘铁铮　许淑敏
何　颖　邱聚南　张小薇　张钟媛
张懿水　南　柠　尉晓莹

编 写 说 明

　　本诗抄共收入 56 名老五届（1961~1965 年入学）大学生的 600 首诗词。其中以首都师范大学中文系 1964 年入学、1968 年毕业的那一届四个班的 40 名学友为创作主体，共选入 442 首诗词。同时征集了首师大其他系、其他届，以及原北京工商管理专科学校（现首都经贸大学工商管理学院）、北京工业大学、北京理工大学、北京大学和清华大学五所高校 16 名学友的 158 首诗词。特向这些学友表示衷心的感谢！

　　本诗抄分上、下两卷，上卷为古体诗和词，共 544 首；下卷为新诗，包括一些歌词，共 56 首。需要说明的是，为了编排方便，我们有时对古体诗和新诗没有严格区分，尤其对同一作者创作的数量较少的诗，采用了混编在一起的做法。这种情况敬请读者谅解。

　　为体现出"老同学"的特点，依据作者群体的情况，我们还将诗抄的上、下卷分成五个板块：首师大中文系六八届一至四班为前四个板块，首师大其他系、其他届和其他高校为第五个板块。对这五个板块，我们分别用梅、兰、竹、菊、松为图案加以标示。

　　在编撰过程中，为了让读者更好地理解诗意，我们对每一首诗词都注明了写作日期和写作缘由；对有些诗词中的个别字句和典故，加上了简明扼要的注释；对有些只有词牌而没有词名的词曲，则以该词曲的第一句为词名。同时，我们还把每一位作者的生平简历附在诗词后面。在为广大读者服务的同时，殷切期望得到广大读者，特别是广大老五届学友的批评指正。

　　《老同学诗抄》付梓之际，我们深深地感恩我国首位德育教授、著名演讲教育艺术家李燕杰老师逝世前一个月为诗抄写下序言！深深地感谢首师大教授、著名书法家王世征老师为诗抄题写书名！

《老同学诗抄》编辑部

2018 年 8 月 10 日

序言——

人生自有诗意
——我读《老同学诗抄》

李燕杰

2017 年 5 月中旬，孙月焕、黄建霖、齐生平、茹宁和张懿水，代表中文系六八届的同学，相继来看望我。师生见面，总有聊不完的话题。

我们谈起 1964 年他们考入北京师范学院（现为首都师范大学）中文系后师生情谊的许多往事。那时我是中文系团总支书记兼他们的政治辅导员，帮助他们请铁人王进喜作报告，成立"大庆班"，向英模人物学习；支持他们搞创作，排演小话剧，树立专业思想，活跃课余文化生活。"文革"中我被关进牛棚劳改时，他们经常来看我，不断捎信安慰我，让我相信群众相信党，一定要挺住。在我利用劳改之余偷偷编写《毛主席诗词详注》和《鲁迅诗词选注》时，他们还给我送来相关资料，支持我把这件事干到底……

我们又谈起这些年来，他们坚持写作，笔耕不辍，不断写书出书的一些情况。2012 年由我作序，他们出了第一部回忆录《汾水留痕》，讲述了他们毕业后即被发配到部队军垦农场劳动，接受工农兵"再教育"的艰难岁月。2014年他们打算再出一部回忆录，献给母校首师大成立六十周年。我向校党委详细介绍了他们的写作计划，得到校党委的大力支持。这样，又由我作序，他们出了第二部三卷本的大型回忆录《半个世纪的征程》，全景式地回顾了他们的大学生活、军垦岁月和在工作岗位奋斗的人生历程。这套书曾作为首师大六十周年校庆的重要礼品，赠予各级领导、嘉宾和校友。之后，他们又继续向文学创作领域进军。于是从二班杀出一个齐生平，这位国防大学军事战略学教授，用一年时间创作了一部35万字的长篇纪实小说《那个年代，那群大学生》，真实地展现了在"文革"那个特殊年代，他们于迷茫中探索，在逆境中抗争的精神风貌。小说2016年8月出版后，受到首师大以及其他高校老五届大学生的欢迎和好评。从2012年到2016年，四年多时间，他们先后出版了三部著作，真是了得！不愧为首师大中文系的学子，不愧是我最得意的门生。

五十多年来，我和他们患难与共的师生情谊；四年多来，他们写书我作序的亲密无间的写作情谊，让人永志难忘。我的三尺书斋情意绵绵，笑声连连，充满着温馨和愉悦的气氛。

这一次，他们又来和我商议写书出书的事。他们提出发动本届的学友，出一本《老同学诗抄》，让我帮助他们筹划，并再次邀请我为这部诗抄作序。这引起了我极大的兴趣，也让我回忆起自己的人生经历。

我一生爱诗、写诗、讲诗，诗完全融入到我的生活之中。我生于国学之家，居于国学之里，勤于国学之义，传播国学之道。我儿时的玩具就是一堆古书，四岁时就在自家开设的私塾听父亲讲国学，不到十岁《四书》、《五经》已能出口成诵。我上大学学的是中国语言文学专业，毕业后留校任教，讲授的也是中国语言文学课程。在中华光辉灿烂的传统文化中，以唐诗宋词为代表的古代诗词歌赋是其中最艳丽的瑰宝，也是我的最爱。我从教六十年，在校内外和国内外讲授过中国古代文学史、中国文化史、中国美学史、中国图书史，主持编写过《中国诗歌史》。我演讲四十年，演讲走过的海内外城市有800多座，演讲的场次多达6000多场，听众近千万人。我在演讲中即兴创作了3000多首诗词，引用的古今中外诗词更是不计其数。

我一生有幸接触到许多著名的诗人，并从中受到他们的熏陶。当年为了编《中国诗歌史》，我曾多次到前海西沿向郭沫若请教。他告诉我，写诗歌史要深刻认识中华这个诗的国度，要坚持现实主义和浪漫主义相结合。每个诗人都有自己的现实观，也有各自独特的浪漫主义思想。这二者是融合而不是加合，是相互交融结合起来。

我和冰心同住一个大院三十多年，经常有机会和她见面并向她请教。她看了我的诗作曾写下这样几句话："诗之心，国之魂，诗如其人。"这对我既是鼓励又是鞭策。

我从二十几岁就读艾青的诗，喜欢艾青这个人。有一次，艾青在大会堂听了我的演讲后说，李燕杰有激情，是真正的诗人。写的诗没激情怎能算是诗人呢！他还给我题词："青年导师，无上光荣。"

我每次到东城看望艾青等诗界前辈，都要到东堂子胡同拜访臧克家老师。他对我说："你为青年作了几千场报告，又用诗化语言写了几千首诗，难得！诗人要有诗、有爱，有真爱，有真情，讲正义，讲真理。"

我还拜访过姚雪垠、萧军、林默涵、邵荃麟、周扬等文坛老前辈老领导，聆听过他们的教诲，得到过他们的指导。

风卷海浪花万朵，雁上晴空诗一行。

我读诗、写诗、品诗，在教学和演讲中引用诗词、解析诗词和创作诗词。我在诗词中挖掘美好的事物，启迪人们追求美好的人生；我用诗词传播真善美，坚持育人铸魂，激发爱国主义情怀，鼓励青年学子为中华崛起而奋斗。我和著名诗人接触交往，传承他们的文风和文采，提高我的思想修养和表达能力；我把诗歌艺术和教学演讲艺术完美地结合起来，使我的教学和演讲诗化、美化、艺术化，从而取得了事业上的成就。诗，给了我智慧，给了我力量。它是我生命的一部分，它焕发了我的生命活力，它将一直陪伴我走过人生的最后旅程。

我一生爱诗、写诗、讲诗，编《中国诗歌史》；我的学生也爱诗、写诗，还要出诗抄诗集。我和孙月焕、黄建霖、齐生平、菇宁和张懿水这届学生，彼此相识相交五十载，是师生之交、莫逆之交，还是清纯如茶的君子之交。而今天，我要说，我们更是令人羡慕的诗情之交、诗友之交、诗痴之交。对中国诗词文化的热爱和尊崇，把我们师生的心紧紧地连在了一起。我们的共同目的，就是继承和发扬中华民族优秀的传统文化。

我读着齐生平、黄建霖送来的一摞摞诗稿，心里特别高兴，感到这些诗稿有很多特点：

一是内容丰富。诗稿中有写在荧屏观看朱日和军演颂扬祖国繁荣强大的；有写在结伴旅游时赞美祖国名胜古迹、大好河山的；有写在同学聚会时怀念母校、恩师和同窗学友的；有写在年级或学友著作出版时予以祝贺点评，并追忆青春时期艰难岁月的；有写在读经阅史，著书立说中感悟时代变革、人世沧桑的；有写在颂春、赏秋、观日、吟月中借景抒怀，寄情言志的；还有写在庆生祝寿、摄影书画、歌咏舞蹈活动中，品味人生，陶冶情操，尽享夕阳之美和桑榆之乐的。这些丰富多彩的内容，基本上涵盖了他们退休生活的各个方面。

二是种类齐全。诗稿中的诗大致分为古诗和新诗两大类。古诗中既有唐代以前的古乐府和魏晋南北朝古风之类的古体诗，也有唐代以后对仗工整、非常讲究平仄韵律的近体诗。新诗则有自由体和格律体两种。由于新诗写起来比较自如，表达情感更自然更直接，在诗稿中占比例也较多。另外，诗稿中还有一些词曲，填得也很好。

三是写作风格各具特色。诗稿中有的诗朴实无华，写得合韵合辙，中规中矩，规范标准，抒发的情感也自然朴素，真实流畅。虽然用词朴实无华，但读起来却有一种感染人震撼人的力量。有的诗婉约含蓄，往往把自己的情感寄托在景物之中，借助于风、花、雪、月等自然景物，表达自己的意愿和志向，抒发自己对人生的思考和感悟。这类诗意不浅露，语不用尽，或语尽而意不尽，意尽而情不尽，读起来很耐人寻味。有的诗热情奔放，注重节奏感和音乐美，夸张、比兴、重叠等手法运用较多，写的诗像骏马一样狂放，像烈火一样炽热。总之，诗稿中的诗风格迥异、诗风不一，各具特色和风采。

诗不是华丽词藻的堆砌，不是无病呻吟的空唱。好的诗作应寄情抒怀，写出作者的真情实感，抒发爱国爱民的情思，传播健康向上的正能量。总的看，他们写的这些诗，都是借人以言志，借景以抒怀，借事以喻理，借物以达情；都是用美的语言、美的旋律、美的韵味表达他们内心深处的情感和意愿，表达他们对祖国、对人民、对师长学友的挚爱和赤诚。这其中不仅古诗写得好，词曲和新诗也很出色，可谓首首是好诗，篇篇都不错。我为他们点赞，并向首师大和其他高校老五届的大学生及广大读者推荐这本诗抄。

我这一生，自己编书写书已出版68种，为他人出书上百种，写序竟达300多篇。之前，他们出的两部回忆录都是我撰写的序言。在那两篇序言中，我都为他们题诗一首，书写诗词条幅一件。这次我也如法炮制，但题一首什么诗好呢？我思来想去，决定把以前在秦皇岛演讲时写的一首诗题给他们，并以此作为这篇序言的结束语。

诗意人生·秦皇岛遐想

山葱茏，海朦朦，
秦皇岛夜空。
月光照帆影，
渔歌唱晚灯火红。
山也葱茏，海也朦胧，
秦皇岛夜空。
大海多一番波澜，
人生则少一份平庸。
久经沧海难为水，
身经骇浪傲险情。
魏武挥鞭，碣石安在哉？
秦皇岛上月色明。
山色葱茏，月色朦朦，
今日海上生明月，
明夜海上忆涛声。

2017 年 10 月 20 日

总篇目表

上卷　古体诗

梅篇

伊怀珍（18首）

兰篇

齐生平（20首）

苏绍新（7首）

侯振远（11首）

王瑞欣（4首）

赵盛国（1首）

杨圣佐（3首）

松篇

下卷 新诗

梅篇

兰篇

竹篇

菊篇

松篇

底图：天边的骆驼（敦煌）

古体诗之名始于唐，唐把当时的格律诗称近体诗，把唐之前较少格律限制的诗称古体诗。后人沿袭唐之说，将唐之前之后的诗统称为古体诗。

梓篇

袁其采（9首）

玉渊潭迎学友

2016 年 9 月 26 日

为欢迎老同学周家秀从深圳回北京，全班同学相聚于玉渊潭公园。

盈盈潭水流无声，霏霏雨中桥上行。
同窗欢聚难相认，岁月留痕最无情。

雨中北海聚会三首

2017 年 10 月 22 日

这一天，全班在北海公园聚会，恰逢一整天的中雨，大家依然热情不减。

（一）白塔忆旧

白塔旧影仍清晰，青葱往事已如烟。

紫竹飘香曾聚首，玉兰吐芽正当年。

耕耘杏坛少音讯，育得桃李春满园。

岁月流逝情依旧，人生交契老更欢。

（二）五龙亭相见

绿顶黄瓦一字排，汉白石围曲桥连。

秋风夹雨游客少，桂花浅笑相聚欢。

（三）聚餐之乐

推杯换盏意未休，又约明年春或秋。

人生聚散寻常事，今年幸会亦难求。

德胜口耕读二首

2017 年 11 月

1966 年春，搞教改搬到昌平德胜口村开门办学，半耕半读，住在房东家。大叔天不亮上山砍柴，大婶清早烧火做饭，休息时同学们在河边洗衣，这些情景至今历历在目。

（一）

书声朗朗意悠悠，薯秧浇水汗湿头。

昨日风华何处觅，青山依旧水自流。

（二）

墟里闻犬吠，庭院飘炊烟。

砍柴星未落，风箱声远传。

垂柳绿丝摆，河水泛漪涟。
房东已永别，往事在心间。

立 冬 日

2017 年 11 月 7 日

枯叶纷飞天地间，北风瑟瑟透衣衫。
行人莫怪树无情，立冬逞威自清寒。

忆在部队劳动锻炼

2017 年 11 月 10 日

1969 年 1 月大学毕业后，即赴山西临汾部队农场劳动锻炼。将近五十年了，对这段历史常有回忆。

汾水悠悠催芳草，太行巍巍聚军营。
打谷机忙星渐没，稻田插秧日初升。
夜月疾行闻号角，寒暑练兵未出征。
流年似水事如烟，古稀遥想亦纷呈。

悼恩师李燕杰

2017 年 11 月 20 日

惊悉首师大教授、中国当代著名教育家和演讲家李燕杰老师逝世，赋此诗悼念。诗中"花园"即首师大所在地海淀区花园村。

朔风呼啸叶凋零，吾师仙逝恸乾坤。

丹心一片育桃李，讲坛三尺铸师魂。

妙语生辉载厚德，华章溢彩长永存。

花园曾忆沐春风，声犹在耳念师恩。

袁其采　女，1945 年 8 月生，江苏南通人。首师大中文系六八届一班毕业生。1969~1970 年 8 月在部队劳动锻炼，1970 年 9 月后在平谷靠山集中学、北京 125 中和北京八中任教。中学高级教师。曾在报刊上发表《学者风范，风雨人生——我的父亲袁翰青》、《袁翰青——中国科普事业的先驱》等多篇回忆文章。

邢 莉（6 首）

咏 玉 兰

2012 年 4 月

遥看似雪蝶未来，料峭春寒寂寞开。
窥得腊梅七分骨，惊羡兰菊一品材。

又回德胜口

2016 年 5 月 25 日

昨日绿野昨日风，德胜桥边觅旧踪。
五十年后长相忆，别样思索别样情。

观 夏 荷

2017 年夏，写于北海公园。

谁持团扇舞，悄然竞相开。
翩翩弄轻影，缕缕暗香来。

赏 月 二 首

2017 年中秋，颐和园赏月有感。

（一）

冰心一片月，万里银辉朦。
何时与月舞，堪解未了情。

（二）

秋迎粼影横，湖畔玉盘升。
掬得一瓢水，心随月魂清。

咏 竹

2017 年 11 月

平生素有志，枝枝挺然生。
嘤嘤鸟相伴，巍巍叶入风。

邢莉 女，蒙古族，1945 年 11 月生，北京市人，祖籍内蒙古赤峰。首师大中文系六八届一班毕业生。1969~1970 年 8 月在部队劳动锻炼。曾在北京密云一中任教，后为中央民族大学教授，民俗学博士生导师，文化部口头非物质文化遗产评审专家。著作有《内蒙古区域游牧文化的变迁》《民俗学概论新编》《观音神圣与世俗》等 10 余部。曾获国家哲学社会科学优秀成果奖，教育部人文社会科学奖，中国文联山花奖等奖项。

康秀玲（6首）

故地重游有感

2006 年 10 月

我曾在解放军总后勤部工作，几十年后老友陪我回总后探望，感慨良多。

比肩小径月如霜，风幽残红香。

小楼斑驳苔痕，絮语寻觅流芳。

思往事，渺如烟，易成伤。

逝者已矣，手掬黄叶，好个秋凉。

游 白 洋 淀

2007 年 9 月

退休后游河北白洋淀，以此记之。

荡小舟，细雾沾满头。

野鸭拍水，结队伴我游。

芦花飞上天去，一生休。

红日映残荷，也风流。

梦 逝

2008 年 5 月

为了对母亲永远的思念。

清辉似雾笼西窗，似闻月桂香。
白发龙辇和风，殷殷悄来看望。
拨香云，疾叩首，奉茶香。
恍然顿逝，泪雨横飞，最断人肠。

圆明园忆旧

2008 年 8 月

上高中时就读清华大学附中，比邻就是圆明园遗址，课余常去玩耍。

阡陌百转，草迷烟渚。
雀儿啁啾啼不住。
清荷红衰香未减，
帝王残台掩碧树。
思绪悠悠，顽劣课后。
园中野味常烹煮。
萋萋明园秋来去，
断壁残垣空留处。

秋游怀柔神仙谷

2008 年 11 月

幽谷轻雾，啾啾鸟喧。

掩径衰草绵如毡。

绝壁飞瀑溅珠玉，

淙淙清溪串碧潭。

风吻白发，相扶登攀。

纵观彩林漫山川。

摘片红叶当花戴，

悠悠自在即神仙。

重回德胜口

2016 年 5 月 25 日

重回当年半耕半读的昌平德胜口村，不胜感慨。

丽日青山，葱葱果园。

屋舍新新路变宽。

谁家小车路边停？

乡亲笑迎话语暖。

场院授课，入户访谈。

初学种禾在田间。

弹指一挥五十载，

白发重回叹万千！

　　康秀玲　女，1945 年生，籍贯河北省行唐县。首师大中文系六八届一班毕业生。1969~1970 年 8 月在部队劳动锻炼，之后在解放军总后勤部和国家海关总署工作。2005 年在海关总署退休。

刘铁铮（12首）

清平乐·十二属相贺新春组歌

2018年新春的钟声敲响，农历戊戌年来临。戊戌年也是十二属相中的狗年，特此作十二属相贺新春之歌。第（十一）首中的"黄耳、韩卢"为史书上的两条名犬。

（一）

今夕何处？迎来金老鼠。

貌不惊人苍天护，生肖第一自度。

莫非此辈有福？绵延不绝独殊。

恭祝一声安好，新年再展宏图！

（二）

今夕何宿？牛运来相助。

心想事成样样美，人健家和国富。

此生天佑无辜，助人大展宏图。

恭祝一声安好，琴瑟声声祝福！

（三）

今夕何酷？兽王当属虎。

一啸寰宇东方护，君自慷慨威武。

天生一份刚强，呼啸天地洪荒。

恭祝一声安好，和谐美满健康！

（四）

今夕何路？天上月宫牧。

陪伴嫦娥少寂寞，此番心意谁属？

悠悠往事千秋，玉兔牵挂地球。

恭祝一声安好，善良康健神游！

（五）

今夕何用？龙飞九州动。

遨游四海八方喜，神驰九天谁共？

寰宇正气升腾，足翔平地春风。

恭祝一声安好，全家长寿如松！

（六）

今夕何属？小龙九天舞。

莫道金蛇非龙裔，我自风清云翥。

苍穹无限极光，静听琴声飞扬。

恭祝一声安好，新年事事吉祥！

（七）

今夕何忧？骏马平原度。

万里江山多眷顾，笑看风云无数。

奋蹄信步得闲，放眼地阔天蓝。

恭祝一声安好，全家福运满天！

（八）

今夕何处？羊群草原牧。

天蓝草绿空气好，我自闲庭信步。

头羊引路平安，知足声里怡然。

恭祝一声安好，满眼幸福连连！

（九）

今夕何故？金猴人间舞。

不到西天是辜负，玉宇澄清终度。

花果山上称王，取经路上降服。

恭祝一声安好，西天膜拜佛祖！

（十）

今夕何度？金鸡报晓处。

旭日东升不辜负，玉宇澄清大度。

雄姿一展地图，斗士一鸣丈夫。

恭祝一声安好，阖家欢乐幸福！

（十一）

今夕何助？义犬声声处。

挺身而出争胜负，黄耳韩卢独步。

端的娱老护雏，妙哉忠贞不俗。

恭祝一声安好，天天喜迎日出。

（十二）

今夕何属？天蓬元帅处。

八戒总招常人妒，嘿嘿一笑开路。

取经出力攻坚，功封使者净坛。

恭祝一声安好，一年胜过一年！

刘铁铮 男，回族，1945年生，北京市人。首师大中文系六八届一班毕业生。1969~1970年8月在部队劳动锻炼，后在北京昌平一中任教。中学特级教师。曾任昌平区中学语文研究会会长、北京市中学语文研究会理事、中国青少年写作研究会理事、北京市学科带头人骨干教师专家评审组成员。撰写教科研论文数十篇，获全国一等奖、市特等奖和一、二等奖5篇，区一等奖10篇；出版编著20多种。

任怀晋（10首）

游古北水镇

2015年5月25日

该日阴雨绵绵，与年级二十多位学友在雨中同游密云古北水镇而写此诗。

古北有水镇，不用梦江南。
青舍多错落，回廊长曲弯。
清流依山转，石阶顺势远。
雨住起白雾，日照生紫烟。
举头望前方，长城白云间。
烽火年月里，抗战旗一面。

赞抗战胜利大阅兵

2015年8月

抗战胜利七十年，雄兵扬威有庆典。
银燕长空舞彩练，铁甲大地起白烟。
静卧核弹听命令，高昂战车喊向前。
中华儿女铸神剑，捍卫祖国敢擎天。

张伯利进山观雪有感

2015 年 11 月 5 日

北京下了首场中雪，张伯利学友独自驾车往昌平区望宝川旧地重游。他在该地任教多年，感情深厚。诗中"何导演"即学友何淑兰，她为张伯利拍的雪景照配乐发在微信群里。

雪花轻舞第一场，伯利驾车望宝川。

兴致勃勃因雅趣，童真满满思故乡。

连发雪景有碾盘，独立柴门着蓝衫。

敢问几时发诗作，谢答配乐何导演。

雪天听《黄河》交响曲

2015 年 11 月 22 日

北京又下了第二场雪。心中咏诵着毛主席的《沁园春·雪》，耳畔聆听着广播里正在播出的钢琴交响曲《黄河》，不禁心潮澎湃而吟出此诗。

《黄河》一曲雪天听，雄壮气节荡满胸。

骇浪惊涛展气势，《沁园春·雪》是灵魂。

神州伟力永不灭，华夏精神誓继承。

飞雪浩茫藏春气，中国力量腾巨龙。

敦煌纪行

2016 年与学友赴甘肃敦煌游，写此诗以记之。

二月寒消春送暖，同窗结伴游敦煌。
莫高窟里飞天美，丝路道中商旅忙。
交汇文明欧亚非，连通经济中西方。
一带一路入人心，中华明珠再荣光。

观建军九十周年沙场阅兵

2017 年 7 月 30 日

八一建军九十年，沙场阅兵豪气添。
铁流滚滚泻千里，钢甲隆隆扬尘烟。
鹰击长空驰云雾，箭卧大地待巡天。
秦汉唐宋元明清，人民军队史无前。

雨中游北海五龙亭

2017 年国庆中秋两节之后，全班在北海公园五龙亭团聚，特赋诗一首，填词一曲。

秋雨昨来今未停，园中雾霭聚朦胧。
同窗老友生诗意，合影放歌尽动情。

水调歌头·五龙亭团聚

昨岁游玉潭，今聚北海边。金秋十月两节，同窗共欣欢。岁月如歌难忘，少年回忆不断，情谊何绵绵。同学互理解，传统友谊长。

发飘雪，老容颜，目慈祥。优雅沉稳，风雨过后更坚强！人有悲欢离合，月有阴晴圆缺，从容走向前。但愿人长久，青春永歌唱。

重庆游二首

2017年深秋，与老同学游西南重镇、我国第四直辖市重庆时，正值党的十九大召开。诗中"磁器"即磁器口，"解放"即解放碑。

（一）

重庆传说多少代，今朝如愿见君容。
嘉陵云雨织雾都，歌乐高低造山城。
离乱陪都缘迁退，新兴直辖凭创新。
开来继往十九大，渝市梦逐正复兴。

（二）

双喜临门名山城，初识容面震心灵。
雄踞巴山固祖业，卧傍蜀水沟西东。
磁器有口吟历史，解放无言立碑丰。
新时代里再百炼，金凤一只要飞腾。

任怀晋　男，1944 年生，山西平遥人。首师大中文系六八届一班毕业生。1969~1970 年 8 月在部队劳动锻炼，1995 年曾就读北京房地产职工大学房地产开发与管理专业。在平谷县中学、东城区中学、北京建工集团党校和北京建设职工大学任教。高级讲师职称。发表文学作品鉴赏文章和房地产营销策略等论文多篇。编著有《党政干部写作教程》等。

何淑兰（6首）

咏 莲

2002 年 2 月

瑶池白莲浮碧水，霄月清风游人醉。
出污脱俗真君子，自古赞誉总相随。

游 富 春 江

2002 年 8 月

烟雨濛濛江中游，碧水东逝荡轻舟。
惊叹两鬓已成霜，痛惜光华似水流。
自问初心终无悔，直面人生度春秋。
悠然静赏水上景，亲朋酌酒醉玉楼。

峨 嵋 抒 怀

2003 年 5 月

奇峰绝壁挂异松，万壑云烟紫气生。
祥光沐浴金山顶，犹如身处仙境中。

登 庐 山

2004 年 7 月

游赏绝景登庐峰，团团云海雾朦胧。
天水一色紧相接，如驾白云空中行。
人说难识庐山貌，今日方知景中情。
仙人指路登极处，偶尔一现见真容。

满江红·庆十九大

2017 年 10 月

九十六载，经磨难，风雨兼程。战恶浪，
九州乾坤，热血染成。党是舵手瞻千里，民为
豪杰驱虎熊。谱华章，气壮我山河，苍天惊！
看今朝，中国梦，奇迹多，显豪英。"墨
子"天眼，先行觅苍穹。"神州"冲霄揽星月，
"蛟龙"潜海惊龙宫。"一带一路"融贯全球，
龙飞腾！

北 海 聚 会

2017 年 10 月，全班同学相聚于北海公园五龙亭，秋雨绵绵也影
响不了大家的喜悦心情。

秋雨潇潇雾朦胧，冒雨相聚五龙亭。
岁月流转情义在，青春已逝白发生。

同窗盛宴喜连连，把盏相庆乐融融。

轻吟以往岁月日，开怀畅饮道珍重。

何淑兰　女，1945年1月生，籍贯河北省固安县。首师大中文系六八届一班毕业生。1969~1970年3月在部队劳动锻炼，1970年4月入伍，1987年1月转业到北京科技大学工作。历任北科大计算机系副主任，应用科学学院副院长。职称副研究员。2005年退休。

韩蕴英（3首）

读《春华秋实》有感

2014年10月

　　我的同事施文珍老师，出身于革命家庭，本人患先天性腰椎病，行走十分困难，但其自强不息，著有《春华秋实》一书，约30万字，讲述自己艰苦奋斗的人生。其事迹令人感动。

《春华秋实》意如何？如烟往事梦如歌。

家逢逆境心不馁，身负病痛志未折。

人品无瑕坦荡荡，事业有成乐呵呵。

长卷读罢一声赞，年轻永属革命者。

除夕之夜

　　2015年除夕夜与亲家相聚在延庆度假村。亲家母在晚宴上高歌几曲越剧《红楼梦》和毛主席诗词《蝶恋花》以助兴。

除夕之夜度假村，畅游延庆喜迎春。

有志豪情歌一曲，无私美意重千金。

红楼梦醒宝黛恋，蝶恋花开骄杨淳。

最是难得人不老，余音绕梁赤子心。

荷 与 梅

——写给哥嫂

2015年8月

我三哥铁和，清华大学毕业，在解放军防化研究院工作。三嫂玉美，在解放军304医院任护士长。"和"与"荷"谐音，"美"与"梅"谐音。特取"荷"与"梅"的谐音写此诗献予哥嫂。

荷含风骨真精神，梅能傲雪最纯真。

清华学子光门楣，白衣天使铸军魂。

风风雨雨半世纪，恩恩爱爱五十春。

荷也坚强梅也雅，和和美美一家亲。

韩蕴英 女，1945年生，北京市人。首师大中文系六八届一班毕业生。1969~1970年8月在部队劳动锻炼，1970年9月后在昌平师范学校和昌平一中任教。中学高级教师。主要编著有《作文辞海》、《中学语文基础知识全书》（与人合作）等。

王淑玲（3首）

登 山

2010年10月

绿水青山道，瀑布天际流。
低眉望山下，观点见神州。

雪 后

2015年11月

开轩满目树挂银，乖儿晨醒闯出门。
群童嬉逐小战斗，街头巷陌尽雪人。

运河秋晨

2017年9月

通州已成为北京市的副中心，面貌日新月异，不禁歌之。

稚鸭戏水运河秋，翁媪相伴岸边游。
一轮红日东方起，光洒潞苑紫烟舒。

燃灯古韵今尚在，万象更新竞诗书。

砥砺奋进改革路，破浪扬帆筑通州。

王淑玲 女，1944年2月生于北京通州。首师大中文系六八届一班毕业生。1969~1970年8月在部队劳动锻炼，后在通州马头中学和通州二中任教。中学高级教师。

苏德鑫（7 首）

清平乐·题凤妹照

1969 年冬

我大妹叫小凤，小妹叫小华。此时，十六岁的大妹要去东北建设兵团插队了。

四海为家，豪情走天涯。胸怀壮志添风华，更显英姿焕发。

曾忆泪别远行，几度梦里相惊。莫道手足无情，此心权寄长风。

周总理逝世周年有感

1977 年 1 月

去岁中空巨星坠，默然无语心中悲。
长街伫立唯饮泣，灵车西去不复回。
河川有情迎忠骨，青山无字是丰碑。
地覆始信天会怒，一年重祭泪纷飞。

吟黄鹤楼二首

1989 年 8 月 31 日

（一）

李白掷笔空登临，我有何才敢苦吟？
奈何心潮逐江浪，情随黄鹤上青云。

（二）

不愿遗憾登古楼，大江风骚几时休。
楚天极目怅寥廓，荣辱无须使人愁。

谒海公墓二首

2003 年元旦

海公即明代廉吏海瑞，殁于 1587 年。吴公案指吴晗因写历史剧《海瑞罢官》，于"文革"中被迫害致死。

（一）

海公陵墓何处寻，琼山郊外滨涯村。
满目森然扬正气，一园冷落伴孤魂。
青碑有幸铭廉史，寰丘无语葬诤臣。
我谒前贤多感慨，莫名惆怅悼古人。

（二）

美名从来动乾坤，何曾料得世浮沉。
四十年前吴公案，六六劫后海南坟。

清官自古有定论，舆情至今尚温吞。

且看世风多浮躁，敢问廉洁有几人。

悼张中行先生

2006年3月

我与张中行先生素昧平生，只是仰慕其学识人品，有感而发。先生解放后一直生活清苦，多年居住在女儿家中，直至八十五岁时才分得一小三居室，自命为"都市柴门"；先生一生没有官职，没有职称，无党无派，甚至文联、作协也没有加入，是真正的布衣学者；先生极有学问，但直至上世纪80年代才开始著述，面世后方声名鹊起。

都市柴门一老翁，布衣学者张中行。

心有明哲常乐道，人过古稀始闻名。

总说无奈在劫数，终归不肯入囊中。

忽传西游驾鹤去，学界纷纷悼先生。

苏德鑫　男，1945年生，北京市人。首师大中文系六八届一班毕业生。1969~1970年8月在部队劳动锻炼，后在石景山区中学任教。1988年调中国文联曲艺家协会《曲艺》杂志社，任文艺评论组组长，发表曲艺艺术评论文章多篇。2006年因病去世。

伊怀珍（18首）

梦 幻 曲

1963 年 1 月

茫茫神州万物生，只闻盛名不见容。
梦至冰山骑蜡象，醉入沧海戏长鲸。
大江乱石千堆雪，泰山迷云万载松。
何时跨鹏青云举，逍遥四海游天宫。

乡趣组歌十首

写于上世纪末本世纪初，我的家乡京北密云县。

（一）农　　家

碧林曲径隐草堂，老翁柴门有花芳。
狗随孙童过桥去，朝露湿衣忙采桑。

（二）潮　　河

潮河残雪堆柳堤，碎冰乍裂往前推。
鱼抄静等深潭下，老翁桥上手牵驴。

（三）白　　河

秋风挟叶掠沙丘，白河湾处靠扁舟。
顽童荡桨船不走，又到下段望鱼游。

（四）中　　秋

"孩童竟耍看人忙"，妇人喜面嗔儿郎。
五谷丰登祭金果，六畜兴旺供白羊。
东山才挑一竿月，西门已焚数尺香。
童忽嘴馋欲告母，"您知我是万廻肠。"

（五）过　　年

大门春联闪红光，鞭炮声声散药香。
乡亲见面忙施礼，儿童互比新衣裳。

（六）拜　　年

白发拾帚扫净床，窗外人喧已进房。
掀帘礼毕让茶水，姑娘镜内窥男郎。

（七）童　　戏

顽童抢山争霸王，流星远落众心慌。
明月疑向白云动，玉兔树顶笑声扬。

（八）晨　　雪

玉树琼枝掩柴门，垂髫才来语早闻。
欲扫门前忽停帚，脚下已露尘土痕。

（九）春 种

燕催春来掠山村，麦青柳黄小河浑。
冬雪润田早饱饮，就盼谷种手中分。

（十）耕 耘

雨洗青苗倍觉鲜，归云遇日送金边。
山河蛙声啼不住，催动农夫再下田。

览密云冶仙塔

2010 年 10 月

辽代筑塔北山峰，仙灯照耀古县城。
链锁鱼妖防水患，岂如库坝有真功。

谒白乙化碑

2015 年 3 月

白乙化，抗日英雄，任八路军晋察冀军区第十团团长。1941 年牺牲。丰滦密，即抗日根据地的联合县，含丰宁、滦平、密云三县。

降蓬山下鹿皮关，英雄碑耸刺青天。
今人犹忆丰滦密，血卧幽燕"老十团"。

游白龙潭二首

2015 年 5 月

（一）

紫禁城外皇帝游，白龙潭水拔头筹。

水凿三潭合农季，人建四殿盼丰收。

怪石嶙峋形态异，古柏参天色彩稠。

万福山上多福气，灵镜妙地何处求。

（二）

石林水府小江南，云影天光浴青山。

前人泼墨赞"胜景"，后者刻石赠"灵川"。

农夫求雨盼温饱，清帝避暑躲热天。

白龙最喜开潭日，人潮涌动三月三。

观司马台长城二首

2017 年 8 月

（一）

奇特险要古长城，鬼斧神工令人惊。

天梯阶陡攀山顶，望京楼高探云中。

城墙蜿蜒龙腾势，山体峥嵘虎跃形。

恍惚身居古战场，只闻烈马哮西风。

（二）

不教胡马进燕山，高筑长城守边关。

墙如钢矛惊敌胆，楼似青锋刺寇寒。

恍见旌旗蔽日月，犹闻鼓角动山川。

戚继光名传今古，强军筑梦谱新篇。

半世回眸

2017 年 10 月

1964 年考入西三环北路花园村的北京师院（今首师大）中文系，1966 年到昌平德胜口村半耕半读，1969 年赴山西部队农场劳动锻炼，至今已 50 多年了。

寒门学子进花园，东风楼内攀书山。

良师谆谆声盈耳，学友嘻嘻面犹欢。

半耕半读德胜口，亦军亦农汾河湾。

回眸半世百感生，常教儿孙莫等闲。

伊怀珍 男，1944 年生，满族，祖先达哈他，京北密云县人。首师大中文系六八届一班毕业生。1969~1970 年 8 月在部队劳动锻炼，后在密云县冯家峪中学、太师庄中学、新农村中学任教。中学高级教师。曾发表教科研论文 15 篇。

齐生平（20首）

雁门关秋望四首

1975 年 10 月 8 日

是日在山西代县出差，曾到县城西北的雁门关游览。傍晚坐在城垛向东遥望，一种思乡之情油然而生，久久挥之不去。此时已是我在大同当兵的第六个年头了。

（一）

秋风入雁关，落叶满西山。

空中无穷雁，飞向大江边。

（二）

独立雁门静，秋来一叶知。

临风怀千里，明月伴我时。

（三）

怅然落日前，遥望云天处。

自顾风前影，秋雁不知数。

（四）

烟笼楼台月笼霜，孤雁征书寄远乡。

峻岭千障千里目，寒江九曲九廻肠。

山隔水隔连北斗，诗去诗来系参商。

今年菊红香不度，思君切时秋夜长。

浪淘沙·赏荷

1978 年夏，曾在《山西日报》社改稿十余日。闲时与同事游太原迎泽公园。一场小雨过后，公园柳绿花红，景色焕然一新。在驾舟赏荷时忽见天边出现一道在山西罕见的彩虹，遂填这两首词以记此游。

碧波浴紫茎，体舞娉婷，出水晶莹无纤尘。淡香缕缕满江情，独倚东风。

桨破湖心静，游子飘零，轻摇木兰赏芙蓉。衣沾朝露映日红，心共潮声。

卜算子·咏虹

云去雨骤歇，跃然出千树。彩袖轻飐天边路，一应金风妒。

曾是旧相识，恐被风吹去。愿著长鞭驱骏
马，直到虹出处。

记《汾水留痕》出版

2012 年 6 月，为母校首师大中文系六八届学友撰写的第一部回忆录《汾水留痕》出版而作。

身系三晋地，心怀雁北营。
情牵襄陵镇，梦返临汾城。
举杯杏花酿，把盏大同醇。
军垦青春祭，汾水永留痕。

贺母校六十甲子暨《半个世纪的征程》首发

2014 年 10 月 5 日，在母校首师大成立六十周年之际，一百多位学友撰写的又一部大型回忆录《半个世纪的征程》出版并举行首发式。该书分《花园追梦》、《汾水留痕》和《燕山放歌》三卷。我曾以此为题在会上发言，并请付经志学友写了一幅书法条幅，于会场展示后送给参会的校党委书记张雪，以此表达莘莘学子怀念母校、感恩师长的拳拳之心。

花园追梦，难忘东风苦读日；
汾水留痕，常忆吕梁军垦时；
燕山放歌，铭记恩师传薪火；
十月抒怀，恭贺母校度甲子！

敦煌之行二首

　　向往已久的敦煌之游终于在 2016 年春成行，鸣沙山、月牙泉、莫高窟、嘉峪关的壮丽景色令人难忘。

（一）

丙申之春柳丝长，敦煌之游心荡漾。
月牙泉边清波起，鸣沙山下驼铃响。
莫高石窟飞天舞，嘉峪雄关旌旗扬。
羌笛不再怨杨柳，玉门天外任由缰。

（二）

大漠蛮荒成已往，春风吹来无苍凉。
鸣沙月牙迎远客，莫高嘉峪展新装。
河西走廊绿洲现，丝绸古道商旅忙。
中华复兴千年梦，一带一路正辉煌。

游密云古北水镇二首

　　2017 年 5 月 21 日，20 多位学友结伴游密云古北水镇。其间，有人租船摇橹，有人染房购物，有人登圆通古塔观景，有人在杨家祠堂听书……水镇处处洋溢着学友们的欢笑声。

（一）

关外古镇水长流，八方来客慕名游。
祠堂深深英雄唱，书院幽幽童生读。
司马长城烽火冷，圆通塔寺钟声稠。
我辈今日觅旧踪，人间美景在芳洲。

（二）

明清古镇江南景，同窗好友结伴行。
百年坊染桥边树，十里酒香岸上亭。
船橹轻摇添画意，戏楼低吟祭英灵。
学兄学妹忙拍照，欢歌笑语满园中。

和张小薇朱日和大阅兵诗

2017年7月30日，人民解放军建军九十周年的朱日和大阅兵令国人振奋，许多学友在微信群里发表诗词表达对人民军队的热爱和赞颂。四班的张小薇以前经常转发一些情深意切的心语，此时也写了一首刚健有力的军旅诗。她的诗触动了我的神经，于是步其韵奉和了一首。

【张小薇诗见第145页】

南昌首义九十年，大漠点兵震宇寰。
银鹰展翅豪气在，铁甲亮剑寒光闪。
导弹穿云声声吼，战车破障阵阵喧。
他国武装敢来犯，四军联袂只等闲。

古稀之年创作抒怀二首

2017年8月，长篇纪实小说《那个年代，那群大学生》出版一周年。我写此书耗时一载，该书付梓之际我已七十有一，个中的艰辛只有自己知晓。故吟诗两首以为纪念。

（一）

古稀之年两鬓霜，皓首银发笔耕忙。
春看楼前柳吐绿，秋望云端雁成行。

戎马一世书生梦，案头四季纸墨香。
莫道夕阳渐西去，留下青春献同窗。

（二）

满怀激情著长篇，军垦岁月书中现。
襄陵镇里住牛棚，汾水河畔战荒滩。
脚踩冰碴插秧苗，身挡洪水保稻田。
劳动锻炼多磨难，思想改造受摧残。
嘉泉村头听忆苦，卧虎营房搞批判。
斗私批修触灵魂，清查运动造冤案。
那个年代那些事，饱蘸血泪走笔端。
写尽学子苦和情，一页青史留世间。

咏武隆天坑三桥

2017年10月24日，与同窗学友游重庆和长江三峡，首站为渝东南的武隆天坑。下到近百米的天坑中，只见天龙、青龙、黑龙三桥相连，蔚为壮观。

人间仙境武隆坑，三桥相连一脉通。
天龙横空拔地起，拱碛直立向天擎。
青龙洞开见天日，两崖紧锁现刀锋。
黑龙瀑布织珠帘，峭壁飞泉映彩虹。
喀斯地貌生奇观，鬼斧神工幻无穷。

览白帝城托孤堂有感二首

2017年10月27日，和同窗学友游览长江瞿塘峡口的白帝城托孤堂时，感叹蜀相诸葛亮一生之坎坷经历，特以此诗抒怀。

（一）

三顾草庐始出征，隆中决策大计定。
舌战群儒联东吴，借箭草船闯曹营。
七星坛台东风祭，赤壁岸边大火攻。
智取汉中乾坤奠，三分天下霸业成。

（二）

白帝蒙恩托孤重，祁山屡战显愚忠。
两部师表两眼泪，一世忠义一腔情。
英雄空怀救国志，天下未统憾终生。
五丈原上星陨落，鞠躬尽瘁留芳名。

十九大之歌

2017年11月5日

金秋时节举国盼，盛会召开万众欢。
五年奋进结硕果，十大成就换新颜。
不忘初心高举旗，牢记使命决胜战。
描绘蓝图两步走，谋划未来目标远。
特色思想指航向，神州迎来复兴年。

赞习主席南海大阅兵

2018 年 4 月 12 日

南海大阅兵展示了人民海军的崭新面貌，激发了全国人民的爱国情怀。作为一名军人，更是感到无比振奋，情不自禁而写此诗。

诗中"长沙满旗笛声响"句，指习主席登上的长沙号检阅舰。按照海军最高礼节，检阅舰要悬挂代满旗、五星红旗和八一军旗，并在护卫舰艇拱卫下鸣笛启航，向受阅海域进发。

长沙满旗笛声响，海上阅兵在南疆。
舰阵如林相辉映，编队似链列成行。
蓝天战机刺长空，海面铁甲劈巨浪。
潜艇水下蛟龙舞，航母甲板银鹰翔。
挺进深蓝担使命，驰骋万里向远洋。
胜利航程党指引，中国海军傲东方。

齐生平　男，1945 年 9 月生，北京市人。首师大中文系六八届二班毕业生。1969 年在部队劳动锻炼，1970 年入伍，先在师、军和原军事学院政治部任宣传干事，后在国防大学战略教研部任教，职务正师，军衔大校，军事战略学教授，博士生导师。曾撰写文学传记和学术论著多部，获国家级和全军科研与教学成果奖多项，立三等功一次。2002 年受国防部派遣，担任中国高级军事专家组组长，赴坦桑尼亚执行援外任务近两年。

李振仪（5首）

忆军旅生涯三首

2017年11月

　　1970年1月，我从劳动锻炼的部队正式入伍，在祖国北疆度过了八年戍边备战的军旅生涯。这段日子令我终生难忘。

　　诗中"脑包山"是朱日和训练场南边一座最高的山，当年我所在部队的师部和师战时指挥所就设在这里；"九一三"指1971年林彪叛逃的"九一三事件"。

（一）戍守边关

忆往昔，戍边关，铁军雄踞脑包山。

脑包山，真奇险，峰峦莽莽入云端。

北风烈，刺骨寒，九月已是雪封山。

天愈冷，志愈坚，挖洞设防御核弹。

众将士，立誓言，一片丹心保国安。

（二）冬日拉练

千里雪原漫无边，全副武装披素衫。

日间疾驰六十里，夜练偷袭攀峭岩。

雪地拼杀格斗猛，炮吼弹飞歼敌顽。

军旅男儿英雄汉，钢筋铁骨意志坚。

（三）紧急备战

风云突变九一三，形势急转忙备战。

休假官兵速电回，探亲家属急归返。

誓与阵地共存亡，严阵以待摄敌胆。

钢铁长城永不倒，保家卫国一肩担。

反腐战歌

2017 年 12 月 10 日

高层有虎，基层有蝇，

祸国殃民肆虐行。

红旗将倒，大厦将倾，

党心民心忧重重。

中央下令，纪委执行，

铲除腐败势必成。

老虎要打，苍蝇要拍，

打虎拍蝇扫蠹虫。

五年奋战，业已初胜，

永在路上不言停。

利剑高悬，立法筑笼，

反腐助力强国梦。

人民拥护，百姓称颂，

举国盛赞习近平。

国家公祭日有感

2017 年 12 月 13 日

八十年前，日寇凶残，六朝古都遭沦陷，
卅万同胞被屠杀，尸横遍野血染川。

时至今日，本性不改，折腾钓岛扰南海，
篡改历史谋修宪，狼子野心昭然见。

中央慧眼，公祭年年，无情戳穿其嘴脸，
警醒国人昭世界，批驳揭露不手软。

铭记历史，勿忘国难，南京惨案刻心间，
警钟长鸣誓言立，不记此恨枉为男。

富国强兵，兴军备战，全军将士使命担，
维护主权保家园，捍卫和平不畏战！

李振仪 男，1943 年 11 月生，河北省邢台市人。首师大中文系六八届二班毕业生。1969 年在部队劳动锻炼，1970 年入伍，在解放军某部任宣传干事。1978 年 9 月转业到《北京日报》社，历任记者、编辑、新闻出版系统职称办公室主任、《北京日报》社人事处处长、机关党委副书记和纪检书记等职。2005 年 1 月退休。

许淑敏（5首）

游长江三峡四首

2017年10月底，与同窗学友乘游轮游长江，一览三峡壮丽之风光。

（一）过夔门

白帝城处大江东，夔门洞开波涛涌。
浩浩荡荡下荆楚，三峡美景伴我行。

（二）瞿塘峡

瞿塘峡谷天下雄，巉岩如削似画屏。
临江两岸壁千仞，重岩叠嶂映碧空。

（三）巫　峡

巫峡奇秀换新容，最美巫山十二峰。
神女无恙迎朝霞，群峰百态入画中。

（四）西陵峡

西陵滩险水流急，穿峡而出泻千里。
水色山色连云色，一片帆影接天际。

答戒俊生

2017 年 11 月 25 日

读同窗学友戒俊生赠诗，感慨万分，诗中所言实愧难当，故步其韵奉和，以谢赠者。

人生一世本艰难，闲庭信步只等闲。
纵有坎坷与挫折，众手相携安如山。
友逢难处应援助，抱团取暖万事全。
同窗共享夕阳乐，与天同寿度华年。

【附：戒俊生原诗】

赠许淑敏学友

2017 年 11 月 25 日

人生一步一重天，历经艰难只等闲。
身薄挑起千斤担，胸阔能容万座山。
友有难处援手在，善解人意事周全。
甘为同窗做桥梁，积善成德寿百年。

许淑敏　女，1944 年 11 月生于北京，祖籍山西祁县。首师大中文系六八届二班毕业生。1969~1970 年 8 月在部队劳动锻炼，后在海淀区双清路中学、地质学院附中、朝阳区团结湖中学任教。中学高级教师。曾担任教务处主任，主抓教务和初中教学工作。

王玉芬（5首）

咏　春

2017年4月，沿十三陵环湖路散步中所咏。

漫天云朵叠交，破涌春风浪潮。

北岭桃花绽放，西山日影燃烧。

涓涓细流歌唱，缕缕花香舞飘。

四下时空静籁，八方物事新宵。

秋 韵 二 首

2017年10月

（一）游七孔桥

偶游十三陵七孔桥，这里过去是一片乱石坑，经清理整治后，面貌发生了很大变化。

七孔桥畔秋意浓，秋色秋韵秋风送。

游人漫步曲径上，遥忆当年乱石坑。

（二）我家小院

早晚秋风荡豆荚，忙闲蔓架采丝瓜。
田间蜀黍些红脸，庭院珍菊几墨家。

瑶芥草·早市观光

2017 年 12 月

逛十三陵早市后，心有感触而写。

时还未梅季，日却行丝雨。春草争光，淡
绿芽破土。贩商恐后，珠玑列市，绮罗盈户，
笑迎客来店铺。

适朝旭，讨价还价，起伏吆喝流连处。无
韵交织，顿觉律奏晨似鼓。溢萦草药，卖花捧
怒，不挪脚步，书籍墨郁香故。

应景乐·农家院

2017 年 12 月

十三陵地区农家院颇多，且各有特色。

屯沿河建，草地边缘，有矮山可见。天晴
朗，清新绿随伴，笑逢真切面。不见砌耸，摒
弃摩肩接踵，身心累犹散。

古色古香院，待客乃厚朴纯诚，恍若梦境
里，不禁迷幻。陶潜桃园，今世还恋。尝菜肉
天然，吃米饭吞咽。

　　王玉芬　女，1945 年 4 月生，北京市人。首师大中文系六八届二班毕业生。1969~1970 年 8 月在部队劳动锻炼，后在昌平十三陵中学任教 40 年。中学高级教师。1985 年开始致力于中学作文教改，并连续12 年被"中语会"评为全国作文教改先进个人。

孟丽华（4首）

浣溪沙·乡思

1987年春

来美国已经两年了，日夜思念着祖国，思念着家中亲人，思念着昔日的同窗学友。

紫黛青山日西斜，流云似火映春花，暖风轻卷浪淘沙。

几处青春共笑语，谁家翁媪戏娇娃，天涯何人不思家。

夜宿海湾

1998年夏

美国旧金山附近的圣保罗海湾，曾经有过辉煌的岁月，现在则是几十户人家的宁静小村。朋友在那里开了个小餐馆，邀请我去那里游玩时而写此诗。诗中"笛声"指海上轮船的汽笛声。

山路弯弯一径深，杂花芳草掩重门。
几处断桥横水面，数滩鸥雁戏石墩。

夕阳染就半山紫，晓月辉出一湾银。

若非笛声惊客梦，几疑身在武陵村。

蝶恋花·春朝

2007 年春

诗中"伊莎湖"即美国加州湾区佛利蒙中央公园的伊丽莎白湖。这里风光旖旎，游人很多，是游玩和休闲的好去处。

伊莎湖上风光好，晨光初照，十里烟波渺。暖风吹绽花千树，岸柳汀兰争娇俏。

湖畔游人晨练早，展臂舒腰，惊起双栖鸟。最爱湖东石坂道，华发相携人未老。

秋　词

写于 2008 年秋，修改于 2018 年 6 月 6 日圣荷西家中。诗中所描写的是美国北加州的绚丽秋色。

谁道深秋色转穷，山更葱茏水更清。

蓝天白云映碧野，松枫傲立笑金风。

千峰染就胭脂色，万木妆成琥珀棕。

晚照暮烟黄桔柚，薄雾轻纱醉山冲。

人生自由七十始，满目青山夕阳红。

孟丽华　女，1946年12月生，北京市人。首师大中文系六八届二班毕业生。1969~1970年8月在部队劳动锻炼，1970年9月先后在北京市延庆县旧县中学、永宁中学，北京一零一中学任语文教师。1985年5月，以配偶身份赴美国陪读，后定居美国。

李 贵（2 首）

卢 沟 古 渡

2017 年 12 月

卢沟桥已有八百年历史，建抗战馆时立醒狮一座。近年又在桥的上下游建国博湖、晓月湖和宛平湖，面貌发生了巨大变化。

卢沟古渡八百年，永定河水泛波澜。
倭寇弹痕今犹在，醒狮屹立展馆前。
国博园内国博湖，晓月宛平紧相连。
老桥周边面貌改，民族复兴梦空前。

瞻仰雨花台

2018 年 3 月

我曾在 2008 年 4 月登上南京雨花台缅怀革命先烈。今年清明临近，回想起此事心中不胜感慨，特写此诗以抒怀。

登上雨花台，泪飞雨花开。
清明祭英烈，悲情动地哀。

登上雨花台，拾级步徘徊。

苍松蔚成林，翠竹列成排。

手捧五彩石，波涛荡心怀。

烈士铭碑上，热血染花海。

囹圄唱壮歌，正气传天外。

捐躯救国难，英灵青山埋。

唯有牺牲志，换得新宇来。

长袖舞东风，铸魂新一代。

登上雨花台，壮志满胸怀，

英烈垂千古，精神传万代。

李贵　男，1942年8月生，北京市人。1961年8月由北京化工学校入伍，1964年9月由部队推荐考入首师大中文系。1968年12月毕业分配到丰台区革委会生产组任干事、组长，1976年后历任丰台区革委会农林办主任，中共丰台区委常委农委书记，丰台区政府副区长，丰台区人大常委会副主任。2004年退休。

张懿水（7首）

军休活动之歌二首

2015年9月

这些年，以退休军人家属身份参加了国防大学军休所合唱团和舞蹈队，并在海淀区和其他区县多次演出。

（一）

青龙桥畔郁葱葱，乐居西山大院中。
韶华渐失英气在，巾帼不老晚霞红。
有情有缘有同趣，无忧无虑身心轻。
军休姐妹放声唱，欢歌笑语醉东风。

（二）

秋染枫叶红满天，香飘西山乐陶然。
金嗓高亢展歌喉，彩扇扑蝶舞翩跹。
老年模特猫步俏，交谊舞曲绕梁悬。
军休姐妹纵情乐，夕阳似火也烂漫。

泰陵园访同窗学友

2015 年 10 月

同窗学友王玉芬大学毕业后落户农村，在昌平山区从教 40 余年。

同窗玉芬名京华，落户农村把根扎。

好友相约去探望，一行七人到她家。

庭院深深菜蔬旺，竹棚高高瓜果挂。

柴门犬吠迎远客，屋帘漫卷备香茶。

众筹家宴杯盘净，醉扶篱笆赏菊花。

欢乐无尽夕阳乐，踏上归途日已斜。

咏山城重庆二首

2017 年 10 月 23~29 日，二十余位学友结伴同游重庆和长江三峡，其中山城重庆给我留下了深刻印象。

（一）重庆写生

重庆城中有山，山下有江，楼房、隧道、轻轨、桥梁高低错落，交相辉映，为独具特色的山城。诗中"黄桷"即黄桷树，也叫黄葛树，树冠巨大，为重庆的市树。

高楼依山层层立，隧道穿岭处处通。

黄桷路边撑绿伞，大桥江上绘纵横。

轻轨傍宅窗前过，游轮拍岸脚下鸣。

月上灯火阑珊处，大美重庆在画中。

（二）文化传承

诗中"子栋"即韩子栋，是《红岩》小说中华子良的人物原型，为营救狱中战友做出了重要贡献。全国解放后曾任地委书记。

十月枫树叶正红，山城重庆觅旧踪。
磁器古街写历史，洪崖吊楼续传统；
渣滓洞中读《红岩》，鑫记店前赞"子栋"。
巴楚文化代代传，革命先烈万人颂。

悼念恩师李燕杰二首

2017 年 11 月 22 日，含泪参加恩师李燕杰的追悼大会。其后一连几日追思不断。

（一）青年导师

冬雪节气北风寒，追悼恩师八宝山。
六十余年杏坛走，八十八载丰碑现。
德育教授第一人，青年导师天下先。
毕生传播真善美，厚德载世堪师范。

（二）诗意人生

恩师驾鹤已西行，泪飞如雨心相送。
一生坎坷经风云，世事艰辛显忠诚。
汗洒杏林讲国学，纵情诗坛似放翁。
留著诗意传后代，天下便有李杜生。

张懿水　女，1946年7月生，上海松江人。首师大中文系六八届二班毕业生。1969~1970年8月在部队劳动锻炼，1970年9月起，先后在石景山苹果园中学、北京一零一中学任教。中学高级教师。曾参与编写《作文辞海》《古诗文精读大全》等著作。

戎俊生（50首）

一、一生同窗

一生同窗是今生今世的缘，是共度坎坷岁月的情。半个世纪的风霜雨雪，让这种情缘不断开花结果，已经融入到我们的血液之中。

盛夏团日颐和游

1965 年夏

六月炎炎赤日焦，颐和团日赴西郊。

万寿揖迎青春客，昆明波涌荡情潮。

青春作伴同心曲，风华正唱赤子谣。

百亩荷塘百花秀，一路越调一山娇。

送翟素月赴加国探亲

2001 年 11 月 10 日

加国枫正好，京都叶亦红。

海阔之何处，大洋彼岸行。

华波洲际畅，素月心中明。
同窗情谊久，插萸两地情。

十三陵诗行三首

2003 年秋

（一）访王玉芬农家院

玉簪墙边放，翠珠头上悬。
菜蔬随时继，盘飧四季鲜。
远山层自隐，近日跃云巅。
怡然荷锄去，陶翁也耕田。

（二）写给罗楷经、李士敏夫妇

明陵归自隐，花甲寄余生。
远遁尘嚣世，近续月老情。
日作闻鸡唱，暮息伴蝉鸣。
月移露台上，把盏话天明。

（三）华林苑看望许益厚

访友须春日，无与四月光。
风绿村边树，草漫门前梁。
户喧有挚友，长嘘唤茶凉。
益厚恩泽远，福寿继世长。

水调歌头·千里传佳讯

2012年9月27日，为迎接一别四十载的同窗学友力伯倩从珠海来京与全班同学相聚而作。

千里传佳讯，华堂聚友朋。转瞬又近中秋，伯倩归远程。遥想同窗聆教，学业超群拔类，教授赞连声。一别四十载，何似在梦中。

中秋月，四十载，今夜明。命运有知，金盏花香酒愈浓。月有阴晴圆缺，人有聚散悲欢，夕阳又相逢。天涯存知己，人间重晚情。

迎孟丽华从美国归来

2015年5月10日，为我的大学同桌孟丽华相隔几十载后从美国归来而写此诗。

大洋彼岸孟丽华，漂洋万里今归家。
同桌比肩闻教训，小诗入心也发芽。
花园村里今世友，汾水长流泪盈花。
古稀寿诞重相聚，九渡山水半盅茶。

悼念同窗学友李祯国

2015年5月29日

李祯国是我的同窗、同舍、同文艺社团、同一军垦连队的学友和战友。他大病不愈、英年早逝，令我万分悲痛。

含悲忍泪悼祯国，痛塞天地恸山河。

同窗聆教年最幼，智敏才横艺堪卓。

同蒲乐奏忠心曲，雁北雄唱大风歌。

天悯英才惜早逝，口颂心念共山阿。

十渡咏怀二首

2015年夏，与五十多位学友畅游北京房山十渡，休闲度假。两日欢游，令人难忘。

（一）

溪作青罗山似簪，云腾霞蔚雾中仙。

结伴戏游十渡水，挈友奋登一线天。

篝火连天星月落，青春再现舞步旋。

花园远客欢不尽，夕阳一曲唱万年。

（二）

友朋欢聚农家宴，野味佐餐菜蔬鲜。

豪情一饮杯三两，诗兴大发斗百篇。

绿水逐波歌声暖，青山长忆笑声喧。

人生此景须放歌，十渡汤汤满诗源。

为《那个年代，那群大学生》出版献诗

2016年10月31日，齐生平创作的长篇纪实小说《那个年代，那群大学生》一书出版。二班在首师大南一餐厅举行首发式，于会上献诗一首以贺。

勤奋著书齐生平，清清流水润无声。

老骥出枥行千里，夕阳唱晚月亦明。

军垦岁月同甘苦，钢铁青春锻造成。

捧出汾水酿作酒，大作传世齐称颂。

为《北京晚报》书评点赞

2016 年 11 月 5 日，《北京晚报》发表了李振仪、茹宁为齐生平小说撰写的评论文章《一群老大学生的风貌与追求》。为此，再赋诗一首以贺。

生平著书付辛劳，书评再掀新高潮。

巨笔独秀绘年代，众友拾柴火焰高。

浩劫悲曲误青春，军垦战歌逞英豪。

汾水留痕化春雨，喜看杨柳万千条。

祝愿随缘（藏头诗）

写于 2016 年 12 月。吴林书病重住院，我与多位同窗学友前往探视，并衷心祝愿他战胜病魔，早日康复。

祝愿随缘到病房，吴楚大地腾九江。

林栖宿鸟啼旭日，书展初画墨还香。

早怯尘俗无牵挂，日念中秋有同窗。

康愈病除犹再世，复体延寿万年长。

悼念李燕杰教授二首

2017 年 11 月 17 日，惊闻恩师李燕杰教授辞世，悲从心生，泪飞如雨，恩师音容笑貌宛在眼前。于悲痛煎熬之中，吟诗二首，以表学子追悼思念之情。诗中"榻上躬身写序言"句，指李燕杰教授在住院期间为《老同学诗抄》撰写序言之事。

（一）

千鹤祥驾送先贤，金摧玉碎非等闲。

无限财富留学子，有生时光度华年。

厚德载世人一品，华章著述名百篇。

恩师桃李满天下，燕山人杰理安然。

（二）

冬日冥冥五更寒，西山垂首百花残。

惊闻恩师驾鹤去，泪飞如雨夜难眠。

花园耕耘桃李秀，寰球演讲世人赞。

妙语连珠释国学，笔走云龙腾九天。

敦品铸魂六十载，激扬正气四十年。

病危犹思恋学子，榻上躬身写序言。

诗翁吟诗千百首，《诗抄》遗愿弟子圆。

一代先贤追梦走，文化传承青年担。

徽州小镇聚会赞孙月焕二首

2017年11月29日，孙月焕学友在徽州小镇酒店与《诗抄》众学友会面。席间大家真诚举荐，孙月焕最终领座，担任《诗抄》主编，热烈场面令人感动。特题诗二首，以为纪念。

（一）

徽州小镇聚群英，友谊似海情意浓。

慷慨执掌主编印，七旬挂帅大旗擎。

在天恩师赞学女，遗愿终将化彩虹。

月焕奋起凌云志，身为巾帼亦为雄。

（二）

徽州小镇起春风，老友欢聚情意浓。

畅谈以往青春史，忆起恩师热泪盈。

坎坷情缘惊四座，肺腑诗句感员工。

月伴帆影半世纪，再领同窗奔前程。

送别商传学友

2017年12月26日

得知学友和军垦战友、明史专家商传骤然离世，万分悲痛。谨以此诗代祭送别，聊慰余心之悲。

惊闻贤兄仙逝去，江河横溢雪山崩。

一把二胡连兄弟，花园学子早成名。

伏案精研通明卷，浮沉史海跃巅峰。

谦和含笑音容在，无限思念在梦中。

二、聆听花语

聆听花语是聆听大自然的声音。那声音有花香鸟语的序曲，有四时咏叹的乐章，有青春的萌动和时光的流逝。它轻轻地拨动着我生命的心弦。

文 竹 三 赞

2003 年 5 月

在北京少林武校任教期间，常漫步流连于花卉市场。外形纤弱、茎枝挺拔，浑身流淌着雅韵的文竹吸引了我，于是将其买下置于办公桌上，情丝牵萦相依相伴几十年。

（一）

几番花市去，独携文竹归。

逸雅是本色，生就无芳菲。

窈窕淑女立，盈翩绿云飞。

娇倚蓝钵上，一瞥醉心扉。

（二）

百卉佳丽多，钟爱文竹女。

逸劳得慰藉，夙夜为伴侣。

纤纤牵素手，默默诉心语。

悄问膝下儿，相知能几许？

（三）

文竹卓然立，非竹又非松。

纤茎撑天下，绿掌抚人生。

流韵涤尘念，怡情荡心胸。

偕君展双翼，共我傲苍穹。

春卉三赏

　　2012年4月初，带领燕山少年宫作文班的小学员到燕山公园踏春赏花，满园春色，美不胜收。当日自咏春卉三首。

（一）二月兰

踏春到燕山，最喜二月兰。

紫云满山谷，坡坡花烂漫。

姐妹手携手，昂首向蓝天。

花美游人笑，春歌唱不断。

（二）满天星

生命本平凡，娇弱不起眼。

小小白花秀，淡淡香气传。

田田春草绿，频频星眨眼。

生命虽苦短，一笑在春天。

（三）紫丁香

团枝含蕾笑，晨露绽花颜。

四月燕山景，纤纤立道边。

紫裳随风舞，娉婷似天仙。

孤芳不自赏，香气洒人间。

春 兴 三 咏

2015 年 4 月 15 日

（一）初春篇

华旸出谷碎浮冰，东风乍起唤京城。

浅草萌发黄间绿，新蕾初绽粉带红。

涓溪拭眸滴水亮，润土暗潜湿气升。

盈城老少出城外，翘首皓空戏鹞鹰。

（二）仲春篇

雨润万物竞葱茏，仲春日暖起薰风。

万丝垂条飘春榭，千峰润色显峥嵘。

片片翠芦溪边立，团团墨蚪结伴行。

华发垂髫怡然乐，祭终思今在清明。

（三）盛春篇

日艳天朗阳气升，谐趣踏青邀友朋。

荷国郁金花娇艳，路驿丁香馥味浓。

百花齐放流异彩，国色天香展姿容。
花下美人争留念，不辨人影花丛中。

夏日小景三首

2016 年夏，漫步于颐和园西堤，环湖观荷赏月，怡然自得。

（一）观　荷

颐和西堤六月光，映日荷花满园香。
隔岸芦荡舟行处，龙行水道穿梭忙。

（二）夕　行

远山如黛落夕阳，岸阶嵯峨柳成行。
环湖仍有匆匆步，人影绰绰落花香。

（三）赏　月

夜空如墨晚风凉，湖波映月荡银光。
暗笛如吟时时续，孤岛如醉梦沉香。

三、步出京门

步出京门看神州大地，鸣沙山摇着悠扬的驼铃，月牙泉眨着明亮的眼睛，湘江岸边咏诵着伟人的诗篇，边境线上挺立着士兵的身影……我在祖国山河的怀抱里，在强国强军的愿景中旅行。

敦煌行组诗六首

2016年4月27日

　　敦煌旅友，我出发了！敦煌石窟，我来了！以此组诗纪念我的"处女航"。

（一）出　行

久慕敦煌心驰往，一朝成行喜欲狂。
初升九天揽日月，再纵云海信由缰。
长城巍耸雄关在，金沙映日大漠荒。
歌舞升平迎盛世，老骥腾空试初航。

（二）莫高窟

烽烟西渐大漠荒，千古文明耀敦煌。
九层圣殿藏佛祖，百窟洞穴留神像。
禅台布道传经典，鼓乐飞天舞霓裳。
亘古绝响莫高窟，彩绘神雕天下扬。

（三）月牙泉

叹乎天公一点雨，惜哉鸣沙一滴泪。
驼行荒漠一眼泉，嫦娥投下一弯月。

（四）驼　行

驼队逶迤越沙坡，提缰扣辔向天歌。
流沙似水天作幕，驼铃悠悠歌成河。

（五）嘉峪关

祁连四月连天雪，嘉峪三关震敌寒。

旌旗鼓角传塞外，征战沙场几人还。

（六）告　别

敦煌之行告别难，依依惜别心里酸。

月牙泉畔留倩影，风扫鸣沙驼铃传。

莫高石窟甲天下，飞天散花满人间。

羌胡抚远连一统，威镇西域嘉峪关。

河西走廊通中外，丝绸之路商旅繁。

魔鬼之城藏恐惧，砂岩地貌数雅丹。

同窗互励真情动，美女自拍笑声欢。

话别挥洒几滴泪，五天胜过五十年。

佳木斯之行二首

　　2015 年初夏，赴佳木斯市，旅途中特意到中俄边境线游览。亲见祖国边境犹如铁壁铜墙，心中无比自豪。赞颂伟大的祖国，赞颂英雄的边防战士。

（一）边境线漫步

漫步国境东大门，滔滔三江泾渭分。

不辞万里来作客，民族兄弟结同心。

总觉戍边织铁网，岂料边陲景色新。

大江浩浩东逝去，长做天涯比邻人。

（二）踏访珍宝岛

踏访国境心自豪，登临宝岛志愈高。

领土主权如生命，不容外邦分半毫。

睦邻友好英明策，迎来边疆战云消。

致敬人民子弟兵，伟哉东方第一哨。

十月长沙行四首

2015年10月25日，陪家人返湘，客居长沙世纪城悦江苑。适值中秋，湘江两岸芙蓉吐秀，金桂飘香，江风浩荡，渔舟畅往。客居半月，游风景名胜，览先烈故居，感触满满，咏诗记之。

（一）游桔子洲头

巨像昂首翘望东，日出东方赞国雄。

书生意气意高远，指点江山江山红。

桔子洲头遗志立，天安门上颂东风。

独立寒秋缅先辈，金风霜叶燃心中。

（二）访杨开慧故居

青山翠谷埋英冢，骄杨忠骨化东风。

马列为念同志道，青春作伴毛泽东。

板仓山庄传真理，桔子洲头燎火种。

开慧一生垂千古，芙蓉国里祭英灵。

（三）览岳麓书院

亲邀再访岳麓山，千年学府拜先贤。

学达性人成教训，岭南正脉溯清源。

先生师范开心惠，莘子治学得真传。

汉古遗风传华夏，中华文化根源远。

（四）爱晚亭留影

松掩溪流水淙淙，夕阳映红爱晚亭。

亭间嘻嚣青春客，亭下如织游人行。

折枝取景夕阳晚，心中咏颂毛泽东。

爱晚亭景绝佳处，待到秋深万山红。

四、夕阳辉煌

2005年9月，我告别了35年的三尺讲台，开始了退休后的生活，这是人生的又一个新起点。晚霞何烂漫，夕阳更辉煌。

退休感言

2005年9月

黄菊秋英暗，紫枫寒叶霜。

拜别三尺台，信步百里疆。

对月琴作伴，伏案简生香。

晚霞何烂漫，夕阳更辉煌。

莲花池畔

2010 年 5 月 10 日

在莲花池畔欣赏豫剧演唱，婉转入心而欣然命笔。

莲花池畔豫曲传，古琴古韵声宛转。
行者忘步劳者辍，乡音袅袅满荷园。

陶然亭听讲座二首

2011 年 3 月中下旬，在陶然亭听蒋有泉老师讲授诗词格律颇有感触，研习实践而作。

（一）

踏青在三月，陶然喜望春。
花甲重拾卷，讲师引入门。
有泉传格律，无心作诗人。
学做春秋笔，聊慰放翁心。

（二）

久涉诗海心浑沌，今逢良师引入门。
高调低能常失手，有泉无水也润心。
谨记六律易成句，墨守平仄难煞人。
格律在胸开心窍，小荷尖角翘望春。

华龙美钰咏叹

2015 年 5 月 15 日

余自西安门拆迁安置在南城半步桥街的华龙美钰。这里虹桥飞架，岸柳成行，街心公园花团锦簇。虽然泪别蜗居多年的中心城区，但乔迁于此心亦足矣。诗中"陶然大观两翼分"句，指陶然亭和大观园公园。

华龙美钰景色新，依环傍河爽精神。

花团锦簇右安驿，陶然大观两翼分。

东风拂柳千条绿，落日扬波万道金。

移居自有移居乐，随遇而安慰吾心。

沧浪亭练吹葫芦丝有感二首

2017 年 5 月 19 日

我曾参加《北京晚报》健康俱乐部名为"三修堂"的老年大学，在陶然亭沧浪亭，多次学习演奏葫芦丝乐器。清风徐来，乐音袅袅，无比惬意。

（一）

沧浪古亭静幽幽，吉祥鸟儿鸣啾啾。

三修姐妹捧葫芦，脚下溪水伴歌流。

人以群聚同志趣，乐由心生忘其忧。

老年大学展平台，夕阳异彩天道酬。

（二）

沧浪古亭柏森森，清水濯缨古人寻。

朗日清风本无价，兄弟姐妹总是亲。

松掩葫芦丝不断，吉祥鸟儿啭佳音。

三修堂里三春暖，一味人生一品生。

玉蜓桥喜迎十九大公益演出

2017年9月3日

　　玉蜓桥，位于北京南三环，因形如展翅的蜻蜓而得其名。诗中"俏花旦"句，指北京杂技团两个抖空竹的小姑娘演出的节目名称；"唱太平"句，指北京地区的一种曲艺形式"太平歌词"。

华旸景泰飒秋风，欢歌雅乐响玉蜓。

烟柳袅袅和乐舞，绿波涟涟荡回声。

绝艺双娇俏花旦，亮喉一曲唱太平。

唢呐百鸟鸟朝凤，胡琴赛马马奔腾。

民间古乐唯特色，三弦韵味蓁京城。

万民喜迎十九大，盛世百姓享民生。

戎俊生　男，1945年6月生，籍贯河北衡水。首师大中文系六八届二班毕业生。1969~1970年8月在部队劳动锻炼，1970年9月后在昌平南口中学、回龙观中学任教。曾参加北京市中专教材的编审和北京市高中会考与国家公务员考试的阅卷工作。退休后曾在北京吉利大学和中华文化研修学院教授大学语文。为昌平诗词学会会员，创作的诗词多次在报刊杂志上发表。

艸篇

南柠（50首）

武夷山揽胜

2013 年 6 月 6 日

诗中"台镜"、"三菇"、"二乳"、"龙门"和"九曲"等，皆为武夷山的著名景点；"朱子"指南宋理学家朱熹，其在武夷山五曲隐屏峰下的紫阳书院（原名武夷精舍）从事著述和讲学活动达十年之久。

云中玉女雾中仙，百态千姿武夷山。
台镜妆成照倩影，大王峰锁铁门关。
三菇挺秀立空明，二乳含羞向九天。
长壁相隔无咫尺，侧身横向一线天。
前川直挂珍珠瀑，风过石鸣虎啸岩。
青色无边复丹霞，鹭飞猴跃峭岩边。
武夷精舍思朱子，崖壁龙门看古棺。

一带碧流随势转，九曲山绕密相连。

丝雨霏霏无若有，竹筏送我入云端。

何其壮美闽南游，一去武夷不看山。

贵州纪行词四首

（一）满江红·游肇兴侗寨

2014年6月1日

肇兴侗寨素有"侗乡第一寨"之美誉，为中国最美乡村之一。

　　碧野盈盈，踏泥障，攀坡陡上。终极顶，尽收眼底，寨风模样。环岭四围封并体，临河吊脚楼如幛。画楼巍，击鼓正高飞，龙狮傍。

　　桥经雨，融融港；戏台阔，芦笙亮。妖童排媛女，舞煌歌荡。身在老屋谈旧事，手携侗妪留清相。且遥看，夜火映辉时，天宫降。

（二）水调歌头·观黄果树瀑布

2014年6月3日

黄果树瀑布古称"白水河瀑布"。词的上阕写观大瀑布，下阙写游水帘洞。

　　久慕白河瀑，今下葛榕山。星河百米飞落，脉脉浸衣衫。疑若巫山倾雨，又似麻姑倒海，声势壮云天。举目遥相望，心境两依然。

上高砌，闻天籁，过珠帘。喷银泻玉，别
有秀景在人间。大圣齐天安在？游子寻仙入
洞，何不笑开颜！怀兴乘梯去，他岁必返黔。

（三）望海潮·览名城镇远

2014 年 6 月 7 日

镇远古城有"滇楚锁钥，黔东门户"之称。舞阳河穿城而过，把
北南两岸的旧府城和旧卫城切割成太极图形。

悠悠奇镇，远接滇楚，锁关形胜黔东。狮
吼嶂崖，青龙卧壁，洞天冠踞叠峰。猜对谒空
楼，点"峤""嵩"误处，游兴浓浓。步上台
阁，依山而势，竞神工。

曲流舞水清清，瞩太极中划，府卫双城。
乘舫久睇，如歌妙景，唱开孔雀银屏。回岸览
灯街，炫流光溢彩，如梦随行。去岁荆蛮古
地，今日美无穷。

（四）满江红·雨中漫步荔波大小七孔

2014 年 6 月 10 日

荔波大小七孔景区在樟江风光带。这里有恐怖峡、响水河、龟背
山等中国南方的喀斯特地貌奇观。

急雨霏霏，游七孔，樟河溢岸。双足跣，
险中求趣，妙观频览。银练飞空拉雅展，玉梳

清浪蛟龙现。更叹息，鬼斧造神门，悬天半。

恐怖谷，十里暗；水中树，溪流伴。景随山势转，地遮天漫。响水鸣琴声不断，龟山揽秀烟如幻。乐盘桓，细雨放晴时，霁光见。

入老同学微信群有感

2015 年 6 月 5 日

续韦应物诗尾，寄怀我中文系六八届同窗的亲密学友。

我有一瓢酒，可以慰风尘。
睹人思故事，入群念友亲。
相聚花园早，风华满树新。
习课东楼暖，读就李桃村。
半农德胜口，访苦万娘坟。
长咏园丁意，频燃烛炬心。
怡颜随笑语，喜度两年春。
一旦风波起，顿觉园校昏。
同窗成陌路，派对始相嗔。
忽赴吕梁下，志锤汾水滨。
汗洒插秧绿，手巧间苗均。
屋陋同床住，月明共岗巡。
人生几知己，相助挚情真。
一别军垦去，浩气满乾坤。
初化扬州鹤，高翔落紫云。
自由天地间，潇洒任耕耘。

杖国倏然至，疏发已成银。

学友终牵挂，聊藉应物吟。

为君歌一曲，寄怀圈里人。

记五月二十六日同学聚会

2015 年 6 月 8 日

诗中"拒水"指拒马河，流经郦亭沟。这是北魏地理学家郦道元的故乡，曾著有《水经注》一书。

相逢九渡看君颜，影摄高台福寿前。

孤山颔首情相伴，拒水腾波意更牵。

老店良宵燔火暖，农家美醴祝声喧。

道元若见融融日，也应携经赴此欢。

胡 杨 礼 赞

2015 年 7 月，游内蒙古阿拉善盟额济纳旗胡杨林有感。

天地茫茫，亘古玄黄。

万树争荣，唯我胡杨。

千年不死，生命之王。

枝虬叶茂，葳蕤生光。

死而不倒，傲骨蛮荒。

寒暑难摧，干裂根强。

倒而不朽，笑卧沙乡。

魂化流形，塞乎冥苍。

我临大漠，至汝身旁。

楚翘金姿，一睹沧桑。

驼铃远响，去马嘶昂。

荒草萋萋，残照夕阳。

慨叹思忖，几度彷徨。

我心湛湛，毫蕴诗章。

我意悠悠，留影褒扬。

忝成四韵，一荐同窗。

他日盛览，当赴北疆。

游北京莲花池三首

2016 年 6 月 26 日

诗中"海若"指东海之神；"红拂"指隋末女侠张出尘，喻形瘦荷花；"解语"指唐代美女杨玉环，喻丰腴的荷花；"五显神门"即荷花池中的五显神门庙。

（一）夜晚遇暴雨

莲池今夜遇狂飙，陵雨横翻断碧条。

石路涌腾三尺浪，羸躯浸透五中浇。

抛雷掷电神公暴，漫地淹天海若哮。

无躲无藏心自湛，非惊非惧亦逍遥。

（二）雨中赏荷花

碧波仙子立陂塘，素裹匀红已上妆。

烟雨濛濛花动影，清风袅袅蕊飘香。

扬裙绿叶思轻舞，展翼青蓬欲漫翔。

十里芙蓉十里梦，彩舟送我入莲乡。

（三）早秋游莲花池

雪涌云廻白玉簪，香风脉脉满荷园。

红拂已化青莲子，解语初结并蒂莲。

烟笼芰裳韶丽染，柳环碧水锦波翻。

相揖五显神门静，瑶圃仙游眷未还。

览京郊上方山

2016 年 7 月 20 日

上方山在北京房山区南部，太行山余脉大房山支脉。有九洞十二峰，有以兜率寺为中心的十二庵，有称漏斗崩塌的天坑，还有云梯和四大古树王等著名景点。

南苏杭，北上方，十二峰耸摩九苍。

天柱龙从势飞扬，摘星揽月青垞傍。

骆驼麋觳伴斜阳，雄狮墩坐首高昂。

手攀俯躐云中路，石栈天梯转似肠。

九洞云水之琳琅，华严肉身之仙藏。

兜率禅训出经章，群庵翼附显肃庄。

漏斗崩塌独绝顶，古木凌霄四称王。

植衾百重蒙谷巇，林帐千围覆岩冈。

佛山踏遍老来香，明镜无尘晚更狂。

观陵山汉墓

2016 年 6 月 26 日

　　陵山汉墓在河北满城县西南陵山主峰东坡，是西汉中山靖王刘胜及其妻窦绾之墓。该陵墓出土了举世闻名的金缕玉衣、长信宫灯、错金博山炉和朱雀衔环杯等文物。为我国目前规模最大、保存最完整的山洞陵墓。

日色罩山红，迎风老步轻。

萋萋盘山道，寂寂靖王陵。

树簇金佛像，草依石兽生。

墓道曲犹暗，室堂前后成。

车马昂然立，库房遗宝拥。

粹然盖万计，件件价连城。

熠熠金缕衣，荧荧长信灯。

衔环杯雀展，金错火炉熊。

崖墓现白云，千年一望空。

窦绾依刘胜，夫妻守青茔。

遥思元鼎日，诸王尽限行。

酗酗求避祸，泪动武皇情。

悠悠思古意，凭吊满城东。

访曹霑纪念馆

2016 年 8 月 16 日

　　北京植物园黄叶村是曹霑纪念馆所在地，也是我瞻仰先哲经常光顾的地方。

断肠红楼久，今游黄叶村。

衡门栖野巷，颓院木成荫。

溪水芹麻长，老槐歪茎伸。

石桥通退谷，小道柳烟深。

芹圃当年路，往来救世身。

广陵成旧梦，秦淮月已沦。

耻奏长铗曲，羞逐肥马尘。

贱贫难易志，自有岁寒心。

东壁蓬蒿短，西窗风雨昏。

燃灯十数载，血泪著鸿文。

宝镜凝风月，天石落难寻。

巧将真事隐，幻化假言存。

雪芹亲所历，细绘留本真。

亘古奇书在，灵光照世人。

几回轻抚卷，瞑目苦思忖。

我行敬遗迹，仰止故居新。

赋闲当至此，常谒沐清芬。

拜房山贾公祠

2016 年 10 月 19 日

房山贾公祠是为纪念唐代大诗人贾岛所建的祠堂。诗中"《送僧》"乃贾岛所写之诗；"二站村"即贾公祠所在地；"吏部结知音"指贾岛与韩愈结成好友，韩愈官至吏部侍郎，人称韩吏部；"庚开府"、"鲍参军"指南北朝时期两个著名作家庚信和鲍照，"开府"、"参军"是两人曾任过的官职。

肃肃贾公祠，扬扬白果新。

厅堂挂楹对，影壁著弘文。

昔诵《送僧》篇，今访二站村。

睹物忆先哲，怀恭念岛君。

风德宗万世，瘦骨润千春。

骞策长安道，推敲渭水滨。

神游驴连轿，吏部结知音。

清似庚开府，逸过鲍参军。

才堪东野比，不逊寸草心。

呕思沥肝血，唯求字字金。

三年两句得，双泪流一吟。

拒马传骚韵，西峰还诗魂。

巨擘荣乡里，树碑祭斯神。

一旦得观仰，不负考古人。

新疆游诗词四首

2017 年 5 月，与学友同游新疆，咏诗词四首而记。

（一）清平乐·游美丽中国第一村

神村禾木，不尽白桦树。皑雪铺山石乱路，直向白云深处。

木屋缕缕炊烟，小河唱卷波澜。绿草黄花遍地，牧童跑马林边。

（二）清平乐·游天山天池

珍珠戈壁，弯月飘天际。照镜明空悬美玉，定海神针直立。

松杉翠漫冰山，瑶舟轻抹琼澜。白雪银云际会，穆王何事难还？

（三）游火焰山

携妻伴友上红山，焰烈岩焚卷炽烟。
白马拴桩霄汉里，火龙探爪赤云间。
悟空金棒擎天立，太上仙炉落地翻。
铁扇牛魔何处去？风吹一瞬也欣然。

（四）游五彩滩

五彩滩南岸毗邻鄂尔齐斯河，是绿洲、沙漠与蓝天相辉映的景象；北岸则是连绵起伏、颜色千变万化的悬崖式雅丹地貌。在河水的映衬和夕阳的照射下，不断变幻成一个五彩斑斓的梦幻世界。

壮游疆北，一路诗吟。身披五彩，浸染仙氛。
额尔齐斯，波光粼粼。春风南岸，碧草如茵。
山花烂漫，骏马飞奔。风车远转，牛骆成群。
绿洲沙漠，饱览无垠。雅丹北岸，妙景殊分。
亘古煤层，风蚀雨侵。兆年亿载，幻化奇珍。
河畔滩头，寸草无寻。水澄日射，万状呈纷。
遂成多色，讶惊世人。沟壑生辉，壁冈如焚。
蜿蜒展线，窈窕生金。流光翻海，溢彩争芬。
风传律响，天趣之音。飘忽扬抑，动魄销魂。
长胜桥边，祈福红尘。摭石三绕，安康友亲。
舞之蹈之，美不自禁。且游且照，梦境长存。
登高俯瞰，祥气氤氲。三羊并立，开泰青云。
夕阳渐没，月影迎宾。畅畅此行，依依我心。
当歌难去，余兴萦襟。笑语融融，声暖天津。
别意悠悠，白发回春。

应和曲三首

2017 年 5 月

新疆之游，幸遇许兄（二班学友许淑敏之兄许金富先生。他于中国政法大学毕业后一直在乌鲁木齐工作——编者注），迤钱情殷，才气横流。佳词二首，格律精准，布辞考究，转发于群。为报盛款，拙缀三曲，歌以赠之。

（一）浪淘沙·乌鲁木齐尕丽娜酒庄群仙宴

戈壁喜相逢，贤妹良兄。酒庄丽娜尕香浓。盛筵佳肴同品处，月亮珠明。

把盏意无穷，妙语翩生。十七游子入仙宫。翌日更飞乌尔去，游畅魔城。

（二）浪淘沙·读许兄步韵词再歌而赠之

丽娜遇贤翁，才焕神清。不俗谈吐沐华风。美筵佳席迎远客，意切心诚。

半纪守边城，不让加耕。豪情贯日几鞠躬？西域长别携手处，更喜重逢。

（三）浪淘沙·三致许兄

半纪守边城，谁道平庸？佳词二曲蕴情浓。一片诚心昭日月，谁与争雄？

别恨复重重，常忆清容。知音山水有金兄。且待南疆游畅处，相伴君行！

【附：许金富先生词二首】

（一）浪淘沙·步南柠先生韵

经舍妹微信，拜读南柠先生雅作。不揣鄙陋，奉和骥尾，聊博一笑。

缘分使相逢，因妹及兄。亲朋来远更情浓。邂逅言欢诚际会，侥幸分明。

跋涉近图穷，不怯寒风。天池王母荐仙宫。游罢火洲须返去，挥手边城。

（二）浪淘沙·归途再和南柠先生

边塞遇诗翁，意厚词清。有缘相会赖东风。欣羡高朋龙虎队，能不掬诚？

谁可料人生？一任天公。持身随势认平庸。回首赚得安坐卧，归路魂宁。

清平乐·水之恋三首

写于2015年9月~2017年6月。水之恋，走江川，用彩笔绘下心中最美的画卷……

（一）荡舟川滇泸沽湖

湖晴云乱，山水连成片。草海荡舟如我愿，笑入芦花深甸。

木楫手上轻摇，白馍举臂高抛。海鸟颉颃飞舞，伴翁戏弄秋涛。

（二）咏新疆喀纳斯湖

如虚如幻，湖海群峰漫。波纳绿林容灿灿，妆伴风云变幻。

冰川玉水源流，月弯高挂山头。怪影依依可见，天龙蛰卧长休。

（三）暮游丹东鸭绿江

水长山秀，鸭绿清如透。恰似姮娥妆洗后，笑戴梨花含露。

参博馆里观光，缘生泰内食香。欢度秋江美夜，红灯绿彩飞扬。

神刀颂

2017 年 6 月 30 日

二月以来，忽现沉疴。颌腺生石，状如蚕豆，尽塞腺体。炎肿频至，饮食难下，痛楚不已。幸遇神医，医术颇湛，判断精准。神刀在手，除石去秽，救我水火。皓皓天使，皎皎冰心，感动之余，吟诗一首，以恢弘医界之正气，发兰蕙之馨香。

悬壶妙手属刘林，德技双馨始见君。
桔井深巷香愈远，杏林园满气犹新。
卢医在世回春暖，元化重生去病沉。
金却神刀清誉享，暗滴清泪谢施恩。

朱日和军演抒怀四首

2017 年 7 月 30 日，中国人民解放军首次以庆祝建军节为主题的实战化军事演习，在内蒙古朱日和训练基地举行，展示了一幅威震寰宇的强军宏图。

（一）

兵练尘沙里，扬威碛漠中。
尖端罗铁阵，杀气慑魔虫。
儿女英雄志，中华伟业情。
卫邦民共乐，报国保安平。

（二）

天下无敌手，龙吟亮剑明。
银鹰击宇过，火箭映旗红。
导弹排林立，雷达扫敌清。
强贼来犯处，待汝有奇兵。

（三）

迷彩英雄气，中华赤子心。
尖端超五代，重器塑三军。
镇国长城立，罗魔天网存。
战旗空际处，敌寇已惊魂。

（四）

甲午尝蒙辱，明园烈火焚。

山河无尽泪，草木几惊魂。

强列成刀俎，家国若肉飧。

昔悲难复演，华夏有神军。

加拿大纪游词三首

2017 年 9 月，赴加拿大旅游，填词三首以记之。

（一）浣溪沙·金杨路上遇彩虹

细雨潇潇近暮天，寒湖鉴影水溅溅，烟容散尽现瑰环。

一叶扁舟彤镜里，四围靓丽彩云间，抢拍追梦笑陶然。

（二）南乡子·游贾斯伯冰川

飞雪润斯伯，满岭川封亮似泼。玉桂蓝宫明淡里，呵呵，环照天穹梦幻多。

柱杆正登坡，俯首掇石喜若何？遥望云屏连冰海，翻波，顾兔仙游逢素娥。

（三）南乡子·湖畔观极光

湖畔觅极光，骏浪惊波下叶凉。永夜长拍无退意，堂堂，彩粒阳流何处藏。

花洒色芬芳，凤舞龙腾肆意翔。绿瀑天垂
遮夜宇，辉煌，飙举风旋转欲狂。

满江红·教师节感怀

2017年教师节，献给我的同窗学友们。

戴月披星，宏图展，此生未歇。回眸望，
卅年风雨，激情岁月。柳绿花红春意闹，莺飞
燕舞旌旗猎。看校园，处处起歌声，齐欢跃。

众群友，真豪杰；常相伴，书新页。育苗
同沥胆，此心同悦。夕炬燃怀谊不灭，白驹过
隙光犹烈。笑今朝，老骥更无前，从头越。

忆儿时在什刹海

2017年10月

我的家和母校北京十三中都在什刹海边。我要用笔写下儿时在什
刹海的记忆。

翠柳长栏静，微风涟漪生。
玉桥银锭闪，西山彩云红。
广化幽径深，阐福松柏青。
衢路霓虹炫，楼头钟鼓鸣。
龙井王宅座，斜街烟袋通。
义宅香杳杳，肉季味浓浓。
昔日醇王府，已作国母庭。

入出贝勒府，学就十三中。

夹道北海进，墙缝岸边行。

丝套几廻环，官房南北横。

里巷买金鱼，门外响铜铮。

时过泥人张，频见爆花翁。

偶现耍猴人，锣声伴笑声。

拍画垂髫戏，弹球童子功。

罗汉挥鞭转，铁圈逐莫停。

包掷准难逃，皮筋跳复轻。

隔角听蟋蟀，院落罩流萤。

树上粘知了，枝前捕蜻蜓。

拔根分强弱，足底藏老茎。

夏时嬉绿水，冬日走坚冰。

身牵科技馆，心系少年宫。

什刹儿时梦，尽在妙言中。

清平乐·恋之美二首

2017 年 11 月 25 日

谨以此词献给全国著名女企业家、我的同窗学友孙月焕。

（一）

爱情凄美，泪笑梅花蕊。更著雨风心不萎，月照香清无悔。

檀郎遥望孙娇，扬帆直下惊涛。焕焕彩虹高挂，人间最美天桥。

（二）

青春曾记，月影花园丽。忽御飞黄腾宇际，半纪人生奇迹。

通达不拟折肱，求贤吐哺诚衷。今掌风雷彩印，鸿篇万古留声。

京冀游词四首

2018 年 3 月

阳春三月，与亲朋学友共游京冀，成诗数首，从中选四首奉于《老同学诗抄》。

（一）踏莎行·瞻仰北京孔庙

孔庙辉辉，成门肃肃。生瘤古柏抓奸怒。甘浆砚井涌泉思，碑林铭榜群英录。

像塑金身，文深石鼓，先师至圣生齐鲁。德兴华夏道为先，则天法地通今古。

（二）踏莎行·游房山蒲洼景区

山脊飞升，群峰如蔟，游龙盘道飞天入。空中廊转惹春风，艰登绝顶红亭处。

神坎旋坑，梯田泻谷，仙村飘缈白云护。京西西藏不虚名，蒲洼畅步归车暮。

（三）临江仙·春日走邯郸

学步桥头夕览，回车巷里朝瞻。足登弘济入城垣。义忠思蔺相，失本哂燕男。

广府夏王安在，丛台主父何还？王宫楼殿逝空烟。春游梦里路，古意魅邯郸。

（四）清平乐·涿州行偶得

京畿南邑，杰俊无双地。结拜桃园千古义，壮士华阳别去。

崚嶒双塔晴烟，长桥拒马飞悬。昭烈楼桑盖地，桓侯庙柏参天。

英国之旅组曲六首

2018 年 4 月 12~17 日

诗中"神碑"指罗塞塔石碑，通过它破译了古埃及文字；"女神"指希腊帕特农神庙女神雕塑；《女使箴图》系东晋顾恺之创作的绢本绘画作品，此处所展乃唐人摹本。

（一）踏莎行·参观伦敦英国博物馆

希腊雄狮，苍然老去，悲摧泪向家乡泣。神碑千载破奇文，女神雕褶丝丝细。

滴血羊尊，箴图使女，青花抱月思亲意。中华海外尽珍芳，伦敦一入伤心地。

（二）踏莎行·访苏格兰首府爱丁堡

王子华街，皇家豪里，爱丁古堡高岩立。千年老店竞繁奢，新城临海连天际。

象馆咖啡，罗琳魔笔，幻书畅售声名起。幽灵之地探幽灵，寻奇穿巷神仙旅。

（三）清平乐·游斯特拉幅

艾文河畔，斯特拉幅漫。店铺筋屋皆梦幻，一览莎翁文卷。

书屋毛笔高悬，悲摧戏剧人间。萍水相逢年少，相拍留影宅边。

（四）清平乐·览英格兰温莎城堡

温莎城堡，细雨临君晓。要塞牢坚勍寇恼，莫展筹谋难扫。

英王官邸花园，星形经典华间。尤叹天花彩绘，教堂雕塑超然。

（五）清平乐·观索尔兹里巨石阵

巨石奇迹，千古难揭秘。何处神光移圣地，旷野茫茫无际。

巍峨拜祭朝阳，环林昂首穹苍。疑若先民相聚，诉倾三岛沧桑。

（六）踏莎行·雨中漫步拜伯里阿灵顿排屋

幢幢石屋，株株古木，朦胧细雨湿流雾。
红花绿草润浮香，青苔蒙栅侵幽路。

河水轻流，野鸭欢渡，家家粉靓门前蔟。
小桥独立沐春凉，科恩美艳心头仁。

庐山纪行诗词三首

2018 年 5 月 3~4 日

（一）踏莎行·游观音桥景区

金井瑶池，五峰古路，奔雷喷雪悬空瀑。
古棋坪上弈先贤，挟机欲照唐渤鹿。

招隐泉清，慈航寺肃，飞虹带月青霄入。
六如写意绘天桥，涪翁劲笔三峡铸。

（二）清平乐·游庐山花径

风声如磬，云卷千姿弄。琴畔花间寻紫
径，忽见景亭飞纵。

奇石遥落峦巅，草堂游子思贤。林寺不知
何处，芳菲五月庐山。

（三）初登匡庐游锦绣谷及花径景区

北斗星高入紫金，登阶览月即芳晨。
天桥壁断虹龙去，锦谷崖接玉豕临。

松耸金石迎汉宇，洞吐琼浆居吕宾。

洪武御碑空四壁，老君青兕上七辰。

祈贤门过承贤迹，好运石前享世尘。

花径寻春春意满，草堂拢翠翠波深。

如琴湖静藏林寺，雀岛曲桥一带襟。

匡岳初登无尽趣，仰观云渡也消魂。

南柠 原名刘兴年，男，1946年7月生于天津。首师大中文系六八届三班毕业生。1969~1970年8月在部队劳动锻炼，1970年9月后从教。中学高级教师。曾任教务主任、区教研员。一生酷爱诗词创作，曾入围顺义文化馆创作组，笔墨之作常现报端，在媒体上已发表百余首诗词，受到专家和广大读者好评。

何　颖（7 首）

咏芭东小镇组诗五首

2017 年 7 月 18 日~8 月 17 日，在青岛即墨区温泉芭东小镇闲住。小镇环境幽雅，景色别致，特以拙笔记之。

（一）赏　竹

墙角数枝竹，竿瘦叶细疏。
喜阳争高挺，怡然戏东风。

（二）望星空

抬头望夜空，罕见闪繁星。
树间蝉声噪，丛深隐蛰鸣。

（三）院内温泉

双色园池砌院中，嫩竹摇曳舞姿轻。
金银花开枝头俏，身浸温泉惬意生。

（四）雨中观湖

晓风吹皱水上波，涟漪层层渐延扩。
雨点频频落湖面，激成水花千万朵。

（五）小镇漫步

细雨如丝悄然落，甬路漫行乐趣多。
茂树俏竹展臂舞，叶浓花艳笑婆娑。
平湖碧波憩小舟，楼亭倒影谦迎客。
翠柳垂枝吻清凌，粉妆睡莲露婀娜。
白鹜黑鹅拨绿水，曲项高吭向天歌。
投食远抛争逐觅，彩鲤近水喜先得。
驻足石桥依栏笑，惊起一池蛙声和。
不知此身已入画，小镇美景胜仙阁。

为妹妹六十岁生日而作

2017 年 8 月 31 日

喜迎诞辰花甲天，弹指一挥间。
历经坎坷从容度，今朝心坦然。
舞墨习字承母愿，前景莫轻看。
心慈晓理众称赞，康悦达百年。

为同楼同支部邻居小聚题

2018 年 1 月 5 日

窗外寒风凛凛，室内暖意融融。
自制菜香绵绵，杯盏相碰频频。
诚挚畅谈声声，翁媪笑脸盈盈。
顿觉时光匆匆，邻里友情浓浓。

何颖　女，1946 年 9 月生于河北省安平县。首师大中文系六八届三班毕业生。1969~1970 年 8 月在部队劳动锻炼，1970 年 9 月后在顺义前营中学、朝阳区一三零中学、新源里一中任教。中学高级教师。曾任校语文学科帮带教师、区语文教研员。所写教学与教育论文多次获区、市论文奖和育才奖。

景淑静（4 首）

同 学 情

2014 年 10 月，为高中同窗分手五十年重聚题。

同窗重聚首，感慨语万千。

光阴流水逝，俯仰天地间。

别梦五十载，得见皆有缘。

相处在于真，共度三春暖。

倏忽古稀至，携手夕阳晚。

红 楼 行

2016 年秋，访大观园，移步换景，由景及情。感慨唏嘘，歌以
记之。

秋风秋凉秋渐深，大观园里访故人。

踯躅举步踏残叶，满目苍凉寻旧痕。

厅榭阁台今犹在，红楼已空梦难寻。

沁芳桥论西厢处，滴翠亭葬花冢存。

众卿拟匾省亲墅，宝玉题碣稻香村。

裙钗诗斗藕香榭，黛湘联句凸晶滨。

庭前顽劣遭杖笞，屏后弱柳泪珠浸。

海棠知运失通灵，怡红痴颠迷本真。

痛斩情丝完情债，潇湘气绝诗帕焚。

绛珠还泪终无尽，一缕香魂归离恨。

神瑛空念仙株林，踏雪无垠遁空门。

情天孽海夙缘了，显赫之家大厦倾。

红楼曲终繁华逝，空留遗恨警世人。

题同窗学友照

2016 年 11 月

友传三亚照，碧空连海滩，适逢京城雾霾，故有"羡煞"之感。

当年三亚遇佳人，今日含饴戏俏孙。

光照海滩接绿草，山连湖水映红云。

温馨三亚一家行，羡煞阴霾雾中人。

教师节有感

2017 年 9 月 10 日

三尺讲台四十年，万千桃李更新鲜。

传道授业千古事，穷经皓首到明天。

　　景淑静　女，1946年12月生，籍贯北京市。首师大中文系六八届三班毕业生。1969~1970年8月在部队劳动锻炼，1970年9月起在普通中学及中职学校任教。职称高级讲师。曾任校长、纪委书记和党委书记等职。2002年出任北京市第一所技师学院院长、副董事长，并兼任全国轻工业教育学会副会长。期间，主编全国中等职业教育教材多册，荣获全国轻工业教育终身成就奖。

程慧敏（11首）

游武夷山九曲溪

2017 年 9 月

武夷九曲皆胜景，巧夺天工胜自然。
一曲一夫把雄关，二曲经典绘佳篇。
三曲溪转峰回幽，四曲溪山皆景观。
五曲峰罗翠拥转，六曲空谷传声还。
七曲澜回峰重现，八曲浅滩渡溪缓。
九曲溪光秀色美，一曲一景紧相连。
碧水清澈九曲溪，奇峰秀丽丹霞山。
乘坐竹筏全游遍，悠然自得齐声赞。

荷 连 心 聚

2017 年 9 月 23 日

这一年虽然没有和同窗学友相约去赏荷，但莲荷却把我们老同学之情谊紧密地联系在了一起。

六月荷花初绽放，莲荷盛开时相延。

荷前湖畔留身别，世事沧桑古稀艰。

亭亭玉立叶田田，绿叶映衬粉荷满。

阅尽人间花烂漫，姐妹情怀紧相连。

同窗一别四十载，学习劳动记心间。

慨叹时光匆流过，欢声笑语遍京园。

莲荷喜把姐妹聚，朋友圈中绘佳篇。

莲蓬结籽共欢庆，同学情真意更牵。

杭州行三首

2017 年 10 月

国庆、中秋双节期间游杭州，赏桂花，见到"满陇桂雨"现象。又到海宁盐官观钱塘潮，且品茶赏月，故吟诗三首。诗中"满觉陇"是西湖十景之一，即桂花观赏地。

（一）满陇桂雨

陇谷飘香花正盛，"满陇桂雨"在亭中。

金桂银桂丹华桂，桂满花香秋意浓。

桂花最佳观赏处，西湖十景"满觉陇"。

品茗赏桂石屋洞，桂花流照情在胸。

（二）植物园中赏桂

蓝天白云环境美，曲径通幽见琼树。

花坠飘散阳光下，桂树珠英铺金粟。

朝阳桂树花如雨，植物园中觅出处。

丝丝芬芳漫玉泉，沐"雨"披香沁肺腑。

（三）杭州闻香赏月

杭州市花为木樨，道旁园中植万株。
桂花小巧香浓郁，数里之外"触清馥"。
八月桂香飘天际，龙井代酒话中秋。
云遮月出悄无声，佳节情圆人长久。

群芳迎春组诗六首

2018 年 4 月 20 日

今天是二十四节气中的谷雨。谷雨到来，春日已尽。为此，特写群芳迎春诗六首，以纪念今年这个不寻常的春天。

（一）梅　花

梅花凌寒开，傲骨高洁在。
花中第一支，笑迎春色来。

（二）水仙花

仙子水仙凌波上，春节喜庆花绽放。
奏响春天歌序曲，淡雅高洁吐芳香。

（三）迎春花

九九艳阳迎春开，风清气正花长在。
蕊小茎黄体性坚，悄然无语报春来。

（四）玉兰花

玉兰花开清丽爽，朵白瓣洁争向上。
冰肌玉骨斗霜雪，枝头怒放春意昂。

（五）杏　花

苞蕾深红花瓣嫩，苍松翠柏杏花林。
争相开放枝头闹，仲春时节满园新。

（六）梨　花

花雪相映目辉煌，落英如雨吟沧桑。
三月正当梨花开，四月仍可赏暗香。

程慧敏　女，1945年6月生，北京市人。首师大中文系六八届三班毕业生。1969~1970年8月在部队劳动锻炼，1970年9月后在北京一一三中（后改为北京外事服务职高）任教。中学高级教师。多年任语文教研组长，兼西城区职教教研员。曾参与北京市职高语文教材的编写工作。

房纯德（5首）

难 忘 舍 友

2016年5月，松鹤楼同窗聚会有感。

同舍姐妹灿烂花，其乐融融是一家。
回首流年芳华尽，笑看今朝人更佳。
寻寻觅觅不了情，分分合合迎彩霞。
人生之旅不遥远，花园追梦忆年华。

读 老 照 片

2017年10月，翻看上大学时的老照片，同窗学友的音容笑貌一一浮现在眼前。

岁月带走了青春，照片沉淀着真情。
依稀的笑貌音容，镌刻着彼此心影。

悼 念 恩 师

2017年12月，望着恩师李燕杰教授的题字条幅，思念之情油然而生。

望字思其人，恩师何处寻。
思念泪沾巾，学子颂英魂。

春 夜 喜 雨

2018年4月，北京城终于落下了第一场雨。

昨日三更雨，今朝一阵寒。
碧桃花依旧，泪粉玉阑珊。

咏戊戌狗年

今逢戊戌狗年，系我的本命年，故颂之。

玉犬初临日月长，金狗衔瑞送吉祥。
朝欢暮乐喜无尽，竭力尽忠户安康。
细品时光情依依，闲煮岁月守相望。
人生古稀增福寿，戊戌迎春歌四方。

房纯德 女，1946年3月生，祖籍陕西。首师大中文系六八届三班毕业生。1969~1970年8月在部队劳动锻炼，1970年9月后在北京铁路二中任教。中学高级教师。西城区兼职教研员，民革西城区教师支部主委。撰写的论文曾获西城区中语会二等奖，并刊登在《北京铁路教育》和《人民铁道报》上。曾以民革成员身份依据《教师法》给北京和全国两会提案，使铁路中小学教师待遇低的问题得以解决。

梅先蔼（5首）

最念是同窗

2017年9月

　　亲情、友情、爱情、师生情不一而足……唯独这同窗情，随着时间的发酵，愈发浓烈和炽热。特写诗赞同窗之缘，咏同窗之谊，抒同窗之情。

平生多所念，最念是同窗。

忆昔皆未婚，儿孙忽成行。

转瞬数十载，双鬓染秋霜。

都曾育桃李，相伴共成长。

苦乐俱过往，沐浴晚霞光。

老来赶新潮，微信有华章。

常议家国事，播撒正能量。

又添新区景，呼朋引伴往。

随心所欲过，不负美夕阳。

退休生活四首

2018年3月

（一）微　信

"微言"之中寻大"义"，海量信息聚成堆。
低头一族需谨记，勿忘揉眼按颈椎。

（二）购　物

超市购物似比拼，精挑细选难称心。
年迈不识新概念，"有机""绿色""转基因"。

（三）蜗　居

置身蜗居不自哀，国事家事拥入怀。
心中有窗常开启，如有清风拂面来。

（四）岁　月

周而复始兀自忙，室雅花香净明窗。
寻常岁月寻常过，苦短人生乐绵长。

梅先蔼　女，1945年7月生，安徽省南陵县人。首师大中文系六八届三班毕业生。1969~1970年8月在部队劳动锻炼，1970年9月起先后在门头沟东杨坨中学、军庄中学和北京十三中任教。中学高级教师。曾任语文教研组长，学科带头人。曾撰写教学研究、教材分析、作文指导和习题解析等多种著作和论文，获区、校等多个奖项。

甄意兰（3 首）

学书画自勉

2004 年春

儿时仰慕妙丹青，怎奈无缘事此功。

少壮之年常梦想，蹉跎岁月不从容。

高龄幸运来涂鸦，苦练勤学试笔耕。

教授同窗皆榜样，书情画意赞苍生。

擎 天 柱

写于 2015 年 12 月 1 日，中国工农红军长征八十周年之际。

红军北上长征路，战胜艰险无计数。

天上飞机狂轰炸，地面围追又截堵。

天寒地冻露营宿，草根树皮填饥腹。

雪山草地难行走，大渡桥横铁索束。

红军北上长征路，历尽千辛与万苦。

克敌正己均急迫，逃跑主义被清肃。

涤荡阴霾拨迷雾，三军会师大旗树。

陕甘边区遍地红，抗日救国擎天柱。

让我党旗，有我更艳

2017年7月1日，为喜迎党的十九大，向党组织的汇报与承诺而作。诗中"两委"指社区居委和党委。

我已退休，本色犹存。牢记宗旨，不忘初心。
服务群众，事必恭亲。义务工作，乐于担任。
学习教育，严律自身。于党于国，甘当顺民。
融入社区，多做贡献。为民代言，反映意见。
协助两委，服务宣传。执行政令，维稳保安。
公益活动，践行在前。奉献爱心，自觉自愿。
以往足迹，不虚不偏。新的征程，任重道远。
神圣使命，担当在肩。戒骄戒躁，努力实践。
衷心承诺，永不食言。让我党旗，有我更艳。

甄意兰 女，1943年3月生于北京。首师大中文系六八届三班毕业生。1969~1970年8月在部队劳动锻炼，1970年9月起在北京昌平百善中学和海淀西苑中学任教。曾任语文教研组长和年级组长。1998年学校并入花园路职高（现信息管理学校），任党支部委员。现任飞达社区党委委员兼第二党支部书记。曾获社区优秀共产党员称号。

张治中（6首）

饮 茶 功

2017 年 4 月 29 日

读《有一种福气叫静静地喝茶》一文有感。

佛道为空禅为静，宁心涤灵饮茶功。

人生处处皆是缘，慢品浓淡享福清。

贺 教 师 节

2017 年 9 月 10 日

一支粉笔三尺台，自有东风紫气来。

头霜浸染终不改，桃李天下尽开怀。

情 满 香 江

2017 年 9 月 15 日

香港旭日炫新晴，若闻彩绘研墨声。

未见小女展飞毫，龙凤吹雨尽是情。

咏母校东风楼二首

2017 年 9 月 26~28 日

（一）

夜半花香东风楼，明月西门北洼沟。

一番革命半逍遥，大事不愁小事愁。

（二）

喜闻师院东风在，便下楼阶往西门。

当年小路还向北，又听蛙鸣曲径深。

朝中措·东篱放歌

2017 年 12 月 2 日

词中"桃珠又彩笔"句，桃珠为自采野桃取核，自制桃核配饰和练；彩笔即习绘画之意。

老翁摄菊绕东篱，桃珠又彩笔。放歌青山绿水，阅尽五洲秀丽。

吾辈昌运，何忧言矣，乐此琴棋。梦过桃花源处，怎比今朝一季！

张治中 男，1945 年 4 月生于北京，祖籍河南省新县。首师大中文系六八届三班毕业生。1969~1970 年 8 月在部队劳动锻炼，1970 年 9 月在北京呼家楼中学任教，1989 年调北京市朝阳区教育局，曾任科长、副局长和教委副主任等职。

刘燕平（7首）

从晋返京途中感怀

1970年8月，从山西大同乘火车返京，于硬座角落远望长城，难料自己被分配之前程。

苍巅迷暮索绿原，塞外人家秋雨绵。

断壁残垣孤烟尽，夜梦三更四更寒。

远去的一段记忆

1972年，我和好友黄建霖同在郊区执教。他在羊台子农中，我在洼里学校，离城近百里。赶长途车，常遭司机甩站不停，后改骑自行车，他扛车爬乱石沟；我冬雪天棉衣内汗外冰，夏雨天泥人拽泥车拼搏奋斗，苦不堪言。学友们聚会时常常谈起这段早已远去的经历。

冷瑟余音羊台仙，香泥漫腿陷洼莲。

健步花园白霜鬓，翁婆谈笑忆华年。

戊戌清明祭商传

2018 年 4 月

读大学时，曾于首师大智斋宿舍楼与历史系学友谈论历史，也略览过商传、史明迅、马志斌合著的《青杏集》《涩柿集》诗词稿。后在十三陵耕读时，亲见商传同学拓制碑文。

智斋论古听箴言，暗拓碑文皇陵间。
青杏涩柿迷不见，随鹤云游白云边。

夜梦一园三坛记四首
——群众自发相亲会掠影
2018 年春末夏初作

（一）玉渊潭公园篇

玉渊潭公园和中山公园的社稷坛、天坛公园的天坛、地坛公园的方泽坛内，多年来有群众自发的相亲活动。本篇写某男在经历一次园内自择偶婚姻挫折后，其父亲自把相亲的故事追述于我，我以夜梦的文学形式连贯后面三篇以记之。

玉渊潭水映残樱，留春园内雨声声。
贤翁婉劝骄生念，奢幻颜闺委前程。
怎知靓女有心经，百万银票握手中。
宝马奔驰任奴行，冷言房屋添吾名。
九箱罗衫填塞满，十纤金翠串闪连。

唠叨翻脸苦难言，日缠亏空怎负担？

痛哉呜呼脑中风，欲罢新婚又不能。

愁待法庭传唤日，书生空余两袖清。

我闻故事深同情，劝君莫为嫩先生。

钓鱼台畔收杆还，梦游落至玉河边。

（二）社稷坛篇

目前，部分青年男女择偶婚恋有难度，我曾义务充当"月老"助人相亲之经历。写本篇，期望相关男女青年不断修炼自己的脾气禀性和价值取向，从长辈普遍性成功婚恋史中汲取有益经验。

玉带河畔乾坤殿，石亭北地人满患。

日渐秋风一岁寒，慈母相亲觅婿难。

自锁深闺独自好，郁金花飘社稷坛。

金鱼池水映衰颜，迷游爱犬撒银元。

任凭华容东逝去，斩断姻缘古堂前。

酒醉三巡忘咸淡，牌叫五条碰發难。

鲜郎堕落流浪命，游戏机前帅哥眠。

久念孙辈降人间，爹娘垂泪久默然。

错失良机悔当年，少家愁怨多家欢。

松柏参天史鉴篇，大梦方醒无需言。

睡翁策马扬响鞭，亮掌翻蹄跃长安。

离鞍甩镫东门行，远瞻祈年观七星。

（三）天坛篇

这一篇写一中年女士园内草率速成婚配的不幸遭遇。群众审慎相亲活动，借鉴了传统相亲的部分可取形式内容，结合了组建现代家庭的基本要素，并正在逐步自我完善中。

七星石阵松柏青，回音长壁回音宏。
蹲守游走礼相亲，谨从姻缘伴终生。
阿姨别离孤单影，为娘独善儿女情。
老来常卧数钟声，好友亲朋抱不平。
一朝婚恋速成姻，未晓重利异心冥。
挑费花销苦支撑，车房银两通收笼。
日充奴仆厨中忙，只待来日君体谅。
惊闻遭遇顿捶胸，儿女无奈泪慌恐。
咬牙驱赶中山狼，识破诈骗脑清爽。
狐灯狸影邪魂尽，傲视恶徒鬼哀伤。
谨慎婚配细心行，好人正气必善终。
天筹造化因果应，祈年皇殿祭苍穹。
群方奏乐东风送，洞房欢笑贺喜声。
日月烘托天地间，转身来至方泽园。

（四）方泽坛篇

结束篇描写由"月老"牵线搭桥、男女青年的婚恋故事。谨以此诗敬赠为儿女婚事而操心的父母们，为自己成家而努力的朋友们：一祝各位好运，二祝有情人终成眷属。

方泽润药园，百草茂溪连。

幽竹闻鹊声，绿瓦红墙圈。
有女择偶难，自言大龄线。
早年攻读段，严防採花男。
同窗闺蜜堪，终身遗恨含。
未图浮名誉，稳心奋车间。
夜研苦攻关，大国工匠担。
月老听诚言，感将红线牵。
约见廊亭畔，有男应恳谈。
十标束高阁，唯择康向德。
连读三学堂，面壁五更长。
留学凯歌还，学科远船航。
涌泽随波展，空度齿发寒。
黄嫖永不见，赌毒犹不沾。
古训今人明，沦落怨天成。
四十不惑年，朝昔奋攀岩。
去秋独雁声，今春双雁鸣。
道合志同承，双双远路程。
男女情感绵，连理枝头琼。
共享单车行，疏听演艺声。
久避出游险，远离狗儿牵。
月算支出款，吾家简账单。
强女肚量宽，闺蜜少谗闲。
陈规惹夫烦，夫妻共婵娟。
谦虚低调稳，逆言绝不宣。
唯孝父母边，熬煮蒸炖拌。

孕妇照顾宽，央企依规办。

产假福利全，婆婆眉展延。

养儿非比攀，老辈经验搬。

六口祝华诞，三代乐团圆。

众人有美赞，相亲辩证看。

月老笑开颜，退居花溪南。

刘燕平（笔名刘雁坪） 男，1945 年生，北京市人。首师大中文系六八届三班毕业生。1969~1970 年 8 月在部队劳动锻炼，1970年 9 月起在北京远郊中学任教八年，国家工业口工作十一年。后在政府部门、市级考试委短期任职。1990 年调入中国石油大学工作至 2005年退休。2010 年始从事社会义务志愿者服务。

黄建霖（19首）

少林小调

1984 年 8 月 25 日

郑绪岚，当代著名女歌唱家。1977 年进入东方歌舞团，1982 年为电影《少林寺》录制《牧羊曲》。这首少林金曲，被郑绪岚演绎得出神入化，淋漓尽致……

初闻少林牧羊曲，烟雨梨花伴娇羞。
青梅连理盼春闹，红鸾比翼恋情稠。
四月落樱秀绯云，百年同心乐佳偶。
小溪吟唱知我心，天籁之音共水流。

尔华润泽汇五首

2015 ~ 2018 年

南加洛杉矶的尔湾是美利坚的明星城市，愈来愈多的学业有成的华人迁徙至此。我所在的老年华人群叫"尔华润泽汇"。尔，尔湾；华，华人；润泽汇，因活动场所在大游泳池而得名。

（一）健 身

白发老妪练功忙，银须智叟戏水强。
同在蓝天白云下，尔湾虽好非故乡。

（二）聚　　餐

座座别墅后花园，季季奇卉瓜果鲜。
暇时呼朋又唤友，绿色家宴品种全。

（三）会　　演

南北戏曲秀脱口，吹拉弹唱献舞姿。
方言土语多奇葩，不同腔调读一词。

（四）旅　　游

老中旅游乘大巴，距离多远都不怕。
满车都是黄皮肤，一元五角走天下。

（五）节　　日

大洋彼岸灯火明，汤团饼饺思故人。
今夜风韵谁争宠？首都北京最诱魂。

静夜思——思夜静

2016 年 10 月 4 日

　　身处异国他乡，遥望皓月当空，突发奇想，何不再写一首五言，续与诗仙太白的《静夜思》？

床前明月光，人比黄花瘦。
疑是地上霜，转眼又清秋。
举头望明月，玉蟾为谁秀？
低头思故乡，念想未停留。

海棠花溪

2017 年 4 月 3 日

东风何事妒花妍，不遗春风一笑嫣。每年的四月，京城三大花事之一的海棠花溪美轮美奂，游人如织。

莫道海棠晚，老树芽又发。
寻遍四九城，谁花敢自夸？

香山红叶

2017 年 10 月 28 日

北京的香山开国内赏枫之先河，其红叶驰名中外，是我国四大赏枫胜地之一。

岁岁重阳，今又重阳。余晖尽染香炉醉，爽节登高不思归。

十月叶红渐出秋，万里霜白缓入冬。
远眺群山飘黄栌，近观孤草秀苍松。

不期而遇的禾木

2017 年 4 月 30 日

两个孙辈：姐姐名子禾，弟弟名子木。一个是小苗，一个是小树。书房悬挂有条幅："子孙禾木，家庭幸福"。新疆喀纳斯图瓦人的集聚地，素有"中国第一村"的美称，竟然也称"禾木"。禾木者，前为人，后为景。真是无巧不成书啊！

建房用垒木，院后冲天树。
溪水湍湍流，木桥连着路。

炊烟伴晚霞，歌谣颂今古。
子孙系禾木，华夏唱幸福。

丁酉中秋夜

2017 年 10 月 4 日

蟾宫光照似白昼，北斗阑干南斗斜。去岁中秋我曾写下一首打油诗："美国月儿圆，中国饼儿甜。待到雾霾根除日，饼甜月也圆。"现今又逢佳节，且夜阑更深，不免思绪万千，于是挥毫泼墨。本诗借唐宋中秋之美喻当代中国之盛。

金秋送爽月满天，银辉匝地思前贤。
秦淮悠悠映灯影，渭水粼粼扮龙船。
八百墨客吟佳句，三千粉黛舞蹁跹。
盛唐尽饮桂花酒，两宋无眠共婵娟。

热烈庆祝中国共产党十九大胜利召开
（藏头诗）

2017 年 10 月 18 日

热浪喜卷人心暖，烈焰冲天豪气升。
庆贺特色主义真，祝福神州代代新。
中规中矩画方圆，国泰民安享太平。
共济同舟勤发奋，产业兴旺健步登。
党政军民齐努力，十全十美五洲庆。
九九归根成一统，大展宏图日月明。
胜可化解旧矛盾，利能转化不平衡。
召之即来战能胜，开启华夏步复兴。

立 冬

2017 年 11 月 7 日

立冬是农历廿四节气之一，亦是中国的传统节日。立冬要吃饺子源于交子之时的说法。

寒蝉声远秋将尽，落叶荷塘自凋零。
移炉瓦罐添梅煮，放马晨曦戴霜行。
火烤砂高千层浪，杖擀姣耳万般情。
略整罗衫鬓簪花，门环响处盼归人。

咏 菊

2017 年 11 月 8 日

为何万卉偏爱菊，惟有黄花不负秋。

生性孤傲欲绝尘，老纳小僧迎进门。
刨根移土花一丛，攀篱欹石钱几文。
晨风唤醒千株绿，晚霞催回万缕魂。
草衰叶枯何所惧，霜凝露重精气神。

客居异乡有感二首

2018 年 1 月 1 日

为响应国家号召，本人仅育一女，因其学业有成，被美利坚留用。故老两口一路随她来到大洋彼岸。

（一）

一身正气天地宽，两袖清风日月圆。
三山五岳人未老，四海为家云水巅。

（二）

岁月似箭日穿梭，转瞬时光已无多。

虽说人生古来稀，晚韵夕照莫蹉跎。

茶语：岁寒三友的平方诗三首

2018 年 2 月 1 日

一盏清茶寄思绪，半轮蚀月话友情。1967 年 1 月，我与大学同学贾书和赴杭州串联，在美丽的西湖之滨，共赏绽放在漫天飞雪下的腊梅。1994 年 11 月，我与山东籍著名画家陈全胜（《水浒传》邮票设计者）自泰山之阴登顶，一路上虽然不见那些楼台庙宇，却极尽了泰山的奇松怪柏。2018 年 1 月，我应邀赴广东籍神经外科专家梁赐和（名门梁启超之后，现定居海外）宅第，观瞻了其女在自家庭院里养育的竹林。这三位莫逆分别为学友、邮友、老友。因我真诚对待我的友人，从不分远近高下，故三首诗的 1、2、4、6、8 句的尾字均使用了相同的韵脚：家、华、花、霞、茶。

（一）松

悬崖峭壁喜安家，拔地参天气自华。

挺挺虬枝迎旭日，铮铮铁骨傲霜花。

蒸腾伟岸氤氲气，神采飞扬灿紫霞。

浩魄凌云谁与比，欲将天雨煮云茶。

（二）竹

窗前屋后会梁家，俏立寒冬展翠华。

自有青枝常引凤，从无媚骨乱开花。

穿岩破土杆杆秀，聚雾凝烟叶叶霞。

闻道群贤频至此，虚怀好与品清茶。

（三）梅

刺破雪霜何处家，风骚独领自芳华。

冰魂频入罗浮梦，玉骨总归翰苑花。

柔美英姿承雨露，横斜瘦影幻云霞。

幽情逸趣知多少，借得清香好洗茶。

黄建霖　人民邮电出版社编审、海内外数所高校修辞学教授、旅美作家。中国语言学会会员、中国修辞学会会员。祖籍福州，1945年6月12日生于成都。首师大中文系68届毕业生。上个世纪70年代在北京昌平、海淀等区（县）从教，80年代步入新闻出版界。历任编辑、记者、图书编辑部主任、《中国集邮年鉴》主编、集邮杂志社副社长等职。曾客串中央电视台《军事天地》栏目主持人。为多家出版社总计策划编辑500余种图书，共荣获中国图书奖等国内外各类奖项76种。本人拥有语言类、修辞类、文学类、影视类、翻译类个人著述（作品）百余种，封面设计、报刊插图十余种，文章数十篇。

付经志（23首）

天通苑诗词五首

2008 年秋

入住天通苑后，常登顶楼远眺，遥望清东、西陵，引发历史遐想而赋诗三首，填词二首以抒怀。

（一）深秋感悟

远望西山彩云飞，含情美人默默归。

枫红泪，栌黄垂，铺条道儿汇君追。

梦里云里君未寐，回眸东方霞光蔚。

风作乐，目送晖，婷婷美女含笑回。

（二）楼台远眺

凭栏独上自家楼，满目苍凉眼底收。

清帝陵寝座东西，明祖永乐长陵修。

燕京八景留遗迹，高楼远影古幽州。

脚下未走岳阳路，远眺不见洞庭秋。

古稀安然品寂寞，纵横笔墨也风流。

（三）咏叹明清帝业

暮色苍黄上北楼，远眺帝陵思悠悠。

燕王扫北建功业，移都重建古幽州。

大典垂成失踪迹，永乐长陵奈何求！

康乾盛世大清朝，东西陵寝听松涛。

四库全书存华夏，一部辞典案头留。

天运时空尘世转，无须后人做咏叹。

（四）浣溪沙·一首新词一缕愁

一首新词一缕愁，人愁入词笔不休，梦里往事常倒游。

儿时不知愁滋味，笑脸稚语解母忧，无奈梦醒接时流。

（五）玉楼春·梦醒渐觉旭日早

梦醒渐觉旭日早，转瞬光影破寂寥。无意远望郊外路，两旁黄花迎面笑。

风吹杨柳偷偷绿，雨逗桃花枝头俏。高楼林立遍村野，飞燕何处筑新巢？

春 游 平 谷

2009 年初春，邀王骏骥等五位同学前往平谷游玩。我的学生于教工疗养院接待我们，派车陪我们去镇罗营、熊尔寨观赏桃花和吃农家饭。

京郊大地春盎然，桃花盛开平谷川。
携友谈笑游故地，一路人流车马喧。
寻觅山间无声处，粉红少女指路端。
山洼深处群芳艳，素装格格舞蹁跹。
疾步近前挽玉臂，贴上腮儿挂幕帘。
太虚幻境降云雨，日久悠悠意绵绵。
村野茅店无踪迹，农家大院品茶饭。
酒过三巡无诗句，硬拉陶公做铺垫。
桃杏梨花遍山野，问公源头可耕田？

秋 游 西 湖

2009 年秋，游西湖和西泠印社有感。

小楼赋闲度晚年，魂梦常驻苏杭间。
与友携手游西湖，美景历历入眼帘。
花港鱼影三潭月，灵隐佛光洒人间。
长堤永固东坡业，断桥未断系情缘。
九溪村野十八涧，文人墨客留笔端。
书院西泠古迹存，高楼别墅异彩添。
西子含情脉脉去，留予弟子话当年。

青玉案·深秋移步天通苑

2009 年秋，题于天通苑闲人坞。

深秋移步天通苑，举目送，夕阳暮。锦瑟年华蹉跎度。好人落难，恶鬼跋扈，遗恨心深处。

露台欲寻回天路，满目烟云飞黄絮，笼罩明清帝王墓。悠悠思绪，彩笔浓墨，泪洒断肠处。

休 闲 吟

2009 年冬，大雪邀朋友叙旧作。

雪飘寒气入京城，躲进楼屋暖融融。
庭堂绿茵读球市，露台踏雪听犬鸣。
沽酒宴请旧时友，举杯谈笑忆峥嵘。
晚辈相觑无以解，只谈闲坞释闲情。

书呈阎校长

2010 年春，拜访阎进元老校长，向他述说退休生活。

夫妻相伴入天通，楼坞赋闲取贤名。
春夏高台植花木，冬来踏雪听犬鸣。
书斋翻阅古今事，庭堂会友传世情。

草作诗章有立轴，把玩金石无影青。
荧屏观剧读球事，乐为晚辈述生平。

村 舍 休 闲

2010 年秋日，按照家乡招远村舍的样子，于天通苑建星月轩题。

村舍休闲太平苑，俗人雅兴星月轩。
晓梦未临庄生蝶，春心何须托杜鹃。
故友不辞远来叙，清茶淡酒品甘甜。
宿墨挥毫觅诗境，浮云飘洒自陶然。

中 秋 吟 月

2010 年中秋，于天通苑顶楼赏月作。

月上天通楼，人在黄昏后。
云破花弄影，亲人思悠悠。
一壶中秋酒，约友解千愁。
先呼李清照，再点老陆游。
读完菊花词，细品梅花调。
飘飘如诗境，酒仙何所求！

渔家傲·写给老同学齐生平

2010 年晚秋，见到老同学齐生平很高兴，填词一首，以表思念之
苦。心知君作相思梦，可晓我梦比君长。

雪花飘飘入寒夜，梦醒独自品寂寞。极目
长天共一色，泼浓墨，大写人生畅辽阔。

聚友叙旧话离别，重读人生论坎坷。浊酒
一杯道珍重，暖心窝，夕阳西下两相托。

世 说 新 语

2011 年春节，于天通苑闲人坞，集时下流行语给韵，以作饭后茶余谈笑之资。

时下说新语，神马是浮云，
播客真给力，达人秀斯文，
大盘梦狂野，网俏收藏人，
草根忐忑歌，虎生兔惊魂。

清 明 祭

2012 年清明，携儿孙为双亲祭扫而写。

春风细雨落绿茵，万物勃发动人心。
双亲音容常入梦，催促后辈传佳音。
携儿带孙清明祭，洒酒叩拜父母恩。
扫墓嘱儿行孝道，家业兴旺有祖荫。

天仙子·小楼一夜细雨声

2012 年秋，闲暇时常议起过去的人和事，无限感慨之际，填词以记之。

小楼一夜细雨声，点点滴滴入碎梦。过
往音容转瞬间，临流境，太伤情。懊恼人世空记省。

天降乱世造英雄，得势小人弄虚名。沧桑岁月行正道，劝君醒，念苍生。明祖永乐铸佛钟。

游十渡，庆七十寿辰

2015 年夏初，六十位老同学于青山绿水间共庆七十寿辰，拙墨思念。

夕阳无限好，桑榆映彩霞。
谁来就老翁，美女应不暇。
歌琴连天涌，笑语满山崖。
同窗青春祭，晚晴映白发。

敦煌行赠友

2016 年 4 月，与老同学共游敦煌，书赠学友诗一首。

心驰古道近胡杨，瞻拜圣迹走敦煌。
大善至美叹观止，驼铃悠悠现佛光。

老来休闲写照四首

2017 年秋

（一）居家赋闲

讲台春秋去，居家日思闲。
耽玩汉字韵，桑榆重晚晴。

（二）故交远来叙

大漠上孤烟，家门车马喧。

故人远来叙，长河落日圆。

（三）南门涮肉馆饮酒

老街新酒坊，故友叙沧桑。

语顺无赘字，句落有余香。

书生种豪情，今焕少年狂。

回望乾坤小，君须世纪长。

（四）男八中初中同学聚会

温酒悠悠老来闲，岁月沧沧弹指间。

胡同淡淡身影去，梦里依依美少年。

悼 商 传

2017 年 12 月，经志携手朋友追思商传君，题书于天通苑星月轩。

追思念故人，留驻永乐君。

修史求真意，修身唯德馨。

学富文章老，立言宽资深。

商君坦荡荡，光明磊落人。

付经志　男，1942年10月生于山东省招远县。首师大中文系六八届四班毕业生。1969~1970年8月在部队劳动锻炼，1970年9月起先在平谷洙水中学任教，后在平谷师范任文科教研室主任，1979年8月调中国人民公安大学，任文艺理论教研室主任。三级警监。中央国家机关书法家协会会员。编著有《文学概论》、《文学源流大辞典》、《文学起源论》等著作及论文。

张小薇（6 首）

江城子·聚会天坛

2015 年 9 月 20 日

与我任教的北京市龙潭中学七二届毕业生聚会天坛公园。弹指四十余年，感慨良多，特填词一首。

春风桃李映霞红，吐丝情，献烛明。唱晚夕阳，雏燕变鲲鹏。相见仍是旧时影，师生舞，步轻盈。

天坛松柏绿葱葱，四十年，再相逢。述怀今日，天地可为凭。如火黄昏天未老，重健美，好心情。

潭柘寺赏梅

2017 年 1 月

千岁寒梅乃知音，年年迎春为故人。
君若雪中读新意，祈福竟是玉壶心。

咏 春 二 首

2017 年 4 月

（一）公园桃花

公园美景伴春风，呼朋唤友童趣情。
莫道夕阳难回首，年年桃花笑相迎。

（二）街头小景

湖畔柳色春意闹，桥旁花丛颜色娇。
岁岁争春君知晓，只为人生更妖娆。

观朱日和阅兵有感

2017 年 7 月 30 日

军旗猎猎九十年，沙场阅兵震宇寰。
昔日降魔英气在，今朝伏虎剑光闪。
长空雷鸣银鹰吼，大漠烟飞战鼓喧。
洪流滚滚英雄貌，强军壮国只等闲。

东欧五国游

2017 年 9 月，与同窗学友结伴游东欧五国，特以此诗记之。

碧水蓝天映塔峰，难得古稀携手行。
异域风物异域情，参透人生不平庸。

张小薇 女，1945年12月生于北京市。首师大中文系六八届四班毕业生。1969~1970年8月在部队劳动锻炼，1970年9月分配到北京龙潭中学，历任年级组长、教研组长、教导主任和副校长等职。中学高级教师。所写论文多次在语文教学刊物上发表，并在区、市多次获奖。

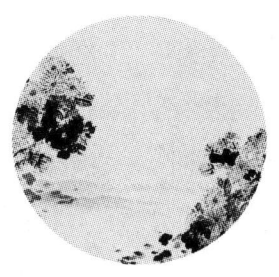

邱聚南（9首）

天 山 行

2017年5月，与同窗学友同游新疆。

车过戈壁入仙境，窗含天山皆画屏。
层峦雪峰云朵朵，公路盘旋任我登。
漫步天池留个影，湖光山色都含情。
古稀同窗雄心在，携手谈笑天山行。

贺 教 师 节

2017年9月

尊师重教国之本，师道尊严重育人。
言传身教作榜样，传道授业讲乾坤。
教书育人多艰辛，此生从教献青春。
若问今世何所乐，桃李满园绽芳芬。

喜迎十九大组诗五首

2017 年 10 月

（一）

华夏大地传喜讯，举国上下抒豪情。
万民欢呼十九大，锦绣中华党旗红。

（二）

富国强军民欢腾，团结和谐保安定。
政策惠民求发展，立党为公倡廉政。

（三）

改革开放创伟业，盛世乾坤铸长城。
安邦治国巧运筹，大国外交谋共荣。

（四）

指点江山展宏图，一辈新人创前程。
继往开来肩重任，展望未来更峥嵘。

（五）

反腐倡廉警钟鸣，与时俱进脚不停。
呕心沥血为人民，赢得江山一片红。

旅 友 小 聚

2017年11月，中文系六八届部分旅友于四世同堂饭庄小聚而写此诗。

荏苒光阴七十秋，桑榆暮景常回眸。
偶有闲情多欢聚，天南地北任我游。

悼念李燕杰老师

2017 年 11 月 22 日

惊闻恩师驾鹤去，万千学子吊忠魂。
老骥嘶风志千里，驰骋杏坛育新人。
呕心沥血宣砺志，挥毫泼墨现精神。
德艺双馨堪奇才，音容笑貌永世存。

邱聚南 男，1942 年 9 月生于哈尔滨，祖籍山东莱州。首师大中文系六八届四班毕业生。1969~1970 年 8 月在部队劳动锻炼，1970 年 9 月~1982 年在房山尚乐中学任教，1983~2003 年在中国矿业大学附中任校长兼书记十七年。河北大学"比较教育"研究生。2004 年退休后，应聘到北京城市学院教育培训中心，任学部主任八年。

苏绍新（7首）

四班同窗小聚

2015年7月3日，中文系六八届四班同学小聚。回首往事，激动之余，信手涂鸦，以此抒怀。

暮年相聚喜团圆，执手言欢笑语喧。
一桌鱼宴思久别，三杯玉液话当年。
回望青春韶华逝，今朝古稀华发添。
欣逢盛世夕阳美，翁妪虽老自扬鞭。

秋日观残荷

2015年10月，观清华园中近春园荷塘残荷而作。此荷塘即朱自清散文《荷塘月色》中的荷塘。

秋风阵阵扫荷塘，莲房奄奄感触凉。
夏日红花撑绿伞，今日叶萎失清香。
韶华宝贵春光好，晚景悲苍数落芳。
唯有白霜寒菊笑，喜迎灿灿美重阳。

南乡子·贺屠呦呦获诺贝尔奖

2016 年 1 月 10 日

古稀望神州，满眼风光起唱酬。诺奖今年
摘桂冠，呦呦，今古中华复主流。

往事痛心头，烽火连年敌蹒跚。直打红旗
扬赤县，赳赳，猛进高歌国梦稠。

中 秋 快 乐

2017 年中秋节，写给中二同学群群主和群友。

中华中秋中国情，秋歌秋风秋月明。
快乐快意快回家，乐聚乐享乐今生。

浪淘沙·颂十九大

2017 年 10 月

党的十九大胜利召开，举国欢腾，填此词以抒怀。词中的"两
百"，指十九大报告中提出的两个一百年奋斗目标；"站起富起强起
来"，指十九大总结的中国发展之路。

盛会举国欢，报告明宣。强国设计展国
含。照亮复兴前进路，国泰民安。
撸起袖子干，挑担挥鞭。共奔"两百"众
心团。站起富起强起来，美景河山。

重阳有感

2017 年 10 月 28 日

深秋旭日映河塘，九九茱萸露渐凉。
霜染红枫千里秀，风吹金菊万里香。
观鱼倚石留诗韵，扫叶烹茶赏墨芳。
一览高秋天地阔，一年更比一年强。

腊八抒怀

2018 年 1 月 24 日

腊八时，古人祭祀祖先和神灵，祈求丰收吉祥。今日特写一首诗祝福祖国繁荣昌盛，人民幸福平安。诗中"长寿"指我养殖的长寿花。

今年腊日风寒冬，屋中长寿艳丽红。
自然施惠恩赐我，心里春意暖亦浓。
谷粟为粥和豆煮，应时献佛矢心诚。
默祝金光济众普，国泰民安好前程。

苏绍新 女，1944 年 10 月生，北京市人。首师大中文系六八届四班毕业生。1969~1970 年 8 月在部队劳动锻炼，1970 年 9 月先在昌平区崔庄中学，后调清华大学附属中学高中部任教。中学高级教师。著有《汉语语典》、《现代文阅读》等著作。

侯振远（11 首）

重游云冈石窟

2008 年 8 月，又回在部队劳动锻炼的最后一地大同市。再游云冈石窟，思绪连连，感慨万千。

驱车千里石窟前，佛像依旧思绪翻。
汾水河畔种稻谷，卧虎湾内搞批判。
岁月蹉跎留旧迹，时光荏苒续新篇。
喜看洞窟尘埃净，云散日出艳阳天。

梦挚友张文忠二首

2017 年夏，挚友张文忠去世数月，与他常在梦中相见，执手伫立，口不能言，泣不成声。遂醒，作小诗以记之。

（一）

梦中遇君泪涟涟，欲言又止肝肠断。
弥留之际心欲碎，哀思涌来情更绵。
相交相知五十载，临终临询几十天。
挚友仙逝音容在，独卧夕阳守故园。

（二）

年少翩翩来师院，朝夕相处整六年。

钻研学问搞教改，探求真知重实践。

十渡深山教孺子，财院授课著鸿篇。

奈何今朝乘鹤去，月移林影梦中见。

忆山区执教组诗六首

2017 年 10 月

毕业后我被分配到房山县史家营公社金鸡台中学，开始了十一年的山区执教生涯。往事历历，甘苦自知，写一组小诗，回忆这段经历。

（一）古庙学堂

古庙学堂十余年，钟声铃声终日伴。

春听子规啼空谷，秋看红叶染百川。

日教学生写文章，夜赴邻村搞宣传。

归家须走三十里，山路幽幽水潺潺。

（二）夜看电影

十里邻村看电影，脚步匆匆月当灯。

谈笑风生兴致好，师生感情日益增。

《南征北战》《地道战》，样板戏片也在映。

岁月流逝人已老，往事在目真挚情。

（三）进山采药

深山老林采草药，学生教师辨药材。
黄芩柴胡和远志，党参桔梗土里埋。
不觉爬到高山顶，遥望村落远近摆。
归途松林采蘑菇，竹篓满满回村寨。

（四）学种农田

背篓送肥爬高山，二三里路浑身汗。
砍柴割草烧野火，木灰撒满五七田。
雨后播下玉米种，秋收还需等半年。
师生动手来种地，方知粮食来之难。

（五）深山家访

跋山涉水十里远，学生家里促膝谈。
推心置腹贴心话，孩子情况讲得全。
老区人们心肠热，千恩万谢肺腑言。
幼苗终成参天树，如今已步花甲年。

（六）带学生游北京

师生搭车去京城，二十几人喜盈盈。
住宿师院大教室，动物园内看虎熊。
故宫北海颐和园，古建古迹来合影。
不觉已过四十载，往事历历在心中。

清明扫墓有感

2018 年 4 月 5 日

墓地森森卧坟冢，逝者静静沐春风。
贫富贵贱生前异，冷热寒暑死后同。
争斗拼搏当年事，功名利禄今日空。
倚栏遥望花千树，回首论今话养生。

悼念挚友辞世一周年

2018 年 5 月 15 日

往事依稀惆怅多，含泪诀别周年过。
君居天际伴日月，我在人间览山河。
结伴同游成往事，倾心交谈变梦柯。
布谷声里飞春雨，点点滴滴祭卿魄。

侯振远 男，1944 年 12 月生于北京房山。首师大中文系六八届四班毕业生。1969~1970 年 8 月在部队劳动锻炼，1970 年 9 月起，先后在房山史家营中学和石楼中学任教，曾任石楼中学教务主任。中学高级教师。

王瑞欣（4首）

临江仙·忆同窗

2015 年 12 月

恍然半世同窗月，依然豪情烂漫。读书朗朗梦一般，赏文如见面，笔健写诗篇。

也曾壮志怀天下，芒鞋踏遍名山。已是夕阳沐苍颜，把酒忆同窗，翘首见远帆。

记同窗聚会

2016 年秋

金秋十月会同窗，一路风尘满面霜。
落座举杯忆往昔，书生英气话沧桑。
壮志凌云曾是梦，蹉跎艰辛共品赏。
行志无辱人生路，天意不度自可量。

重阳抒怀

2017 年 10 月

岁至重阳已迟暮，容颜虽老心如初。
同窗情谊深似海，一片冰心在玉壶。

古稀感悟

2018 年 5 月

古稀已过感悟多，余下光阴明白活。
苦辣酸甜遍尝尽，功名利禄浮云过。
儿孙诸事由他去，养生保健乐趣多。
欣慰一生多知己，开心快乐属于我。

王瑞欣　男，1945 年 4 月生于河北省保定市。首师大中文系六八届四班毕业生。1969~1970 年 8 月在部队劳动锻炼，1970 年 9 月 ~1991 年在通县四中和通县教育局工作，曾任通县教育科研所信息资料室主任、副所长。中学高级教师。1992~2005 年任通州对外经贸委办公室主任。

赵盛国（1首）

悼贾书和

写于 2004 年 9 月，贾书和离世之际。

贾书和，名如其人，是一位儒雅、平和、清秀、真诚，终身献给教育事业的好老师。他多次获北京市先进教师、北京市紫金杯优秀班主任的殊荣，连年被评为区先进工作者。他爱岗敬业、勤勤恳恳、无私奉献。因过度操劳，以至心力交瘁，未及花甲，突发心梗去世。首师大中文系的学友们都敬重他，热爱他，怀念他。为此，我含泪赋诗一首，悼念我的同窗、我的丈夫贾书和，并感谢学友们对贾书和的关照和悼念。

书和一生，克勤克俭；
温存儒雅，谨慎谦谦；
培桃育李，砥砺奉献；
人品学识，倍受誉赞。
猝然离世，令人叹惋；
阴阳两隔，音容难见。
思君念君，肝肠寸断；
呜呼哀哉，涕泪涟涟！

赵盛国　贾书和之妻，1946年6月生，北京市人。首师大中文系六八届四班毕业生。1969~1970年8月在部队劳动锻炼，1970年9起，先后在顺义沙岭中学、北京服装学院附中和北京工业大学附中任教。中学高级教师。

杨圣佐（3 首）

游雁荡山

1996 年 7 月 3 日

亦苍亦翠四环山，神僧神雕阅百仙。

泼墨云雨龙戏凤，洗心除烦自在天。

吊古西征先贤

1996 年 9 月 6 日

诗中"张班"指东汉出使西域的张骞和东汉名将班超，他们是打通丝绸之路和维护丝绸之路稳定的历史先贤。

自历大漠祁连山，追思张班诸先贤。

轻骑单甲征万里，平生烈日与月寒。

明睹未萌震鄯善，复持汉节通于阗。

戈壁沙海抚遗址，方知投笔非空谈。

除夕感怀

2004 年 2 月

除夕之夜，独行花乡路，念届六旬，无限感喟，遂吟成句。

　　虽未戎马倥偬，却也沧桑经年，喜怒哀乐，苦辣酸甜，纷冗繁乱，去哪里寻得自我？蓦回首，今宵已届甲申年。

　　甲申年，多少兴亡感叹。人生利禄荣辱，又几人尽抛不念，无挂无牵？天理与真情，千古几人可恬然！追千古，求长生，莫如随遇皆释然。

　　皆释然，易亦难。利他利我俱有道，舒胸立德自乾乾。君信否？苦渡甲子今愈悟，修美人性胜汞铅。方觉得失皆为乐，脱苦厄，享天年。

　　享天年，列仙班，何须百年人指点？尽在方寸一念间。噫嘘唏，得道原在甲申年！

杨圣佐　男，1944 年生于辽宁省绥中县。首师大中文系六八届四班毕业生。1969~1970 年 8 月在部队劳动锻炼，1970 年 9 月后在中学和大专院校任教。曾任中学教务主任，首师大初教院教科办主任，兼任市、区语委专家组成员，市普通话测试员至今。副教授职称。参与大学本科专业建设及课程建设工作，参编大学写作教材。科研课题曾获大学及北京市奖励。

何贤景（48 首）

一、旅行剪影

2011 年冬，乘游轮环地中海西北部旅游，先后抵意大利、法国和西班牙等地。

罗马印象三首

（一）港　口

棕榈长叶半枯干，古堡危墙落日单。
罗马冬雨似春雨，细细濛濛料峭寒。

（二）斗兽场

层层环拱矗然立，百代功业已凄迷。
执剑斗士今何处？寂寂长廊鸟夜啼。

（三）古城遗址

廊柱圮墙惹思绪，神庙风采颇迷离。
帝苑销尽歌吹海，三两游人落日西。

拿破仑青铜像三首

法国科西嘉岛市中心立有拿破仑青铜塑像。他出生于此，在此生活了十四年。

（一）

战袍权作锦衣还，锈绿已斑马刺端。
惯看潮汐无言语，听任群鸥啼风寒。

（二）

百年未解是戎装，硝烟尽散两肩霜。
无尽涛声嗟往事，低头总不看斜阳。

（三）

凛然挥戈建奇勋，十万铅铜铸金身。
青锋犹在鞘中吼，多少不平付烟尘！

阿芙乐尔的炮声二首

2012 年夏赴俄罗斯，在彼得堡参观"十月革命一声炮响"的阿芙乐尔巡洋舰，感怀二首。

（一）

炮响曾惊天地变，山河易帜弹指间。
雾锁舷窗铁甲冷，凭栏一叹海云天。

（二）

云压舷栏日色迟，炮塔隐隐显风姿。
涛阵一似军声起，锚沉怒波已多时。

多瑙河之波

2013年夏，往奥、匈、捷三国旅游。登布达佩斯城渔夫堡俯瞰多瑙河，赋诗一首。

蓝色旋律犹在耳，渔堡远眺多瑙河。
晚钟悠悠斜阳里，长河上下涌金波。

二、乡愁拾遗

2012~2013年，我回到离别多年的故乡湖南，那里的山山水水和旧时的人物，时时涌现在眼前而挥之不去。

古镇风情四首

（一）

长堤石阶吊脚楼，浪远白帆望归舟。
滩声纤歌暮云里，渔火明月一江流。

（二）

落日晴岚一样多，沙洲鸥鹭野菊坡。
古渡一株前朝柳，云中谁唱摇橹歌。

（三）

闭目又闻秋虫鸣，梦回三湘故园情。
常去西塘看蒲水，芭蕉叶子红蜻蜓。

（四）

荷叶作伞湖中游，乡间阵雨一霎收。
赤足上树粘知了，泥腿下田摸泥鳅。

故土人物四首

（一）更　夫

沉沉梆响凝寒云，冷巷长街夜夜巡。
岁月敲落梆声里，更夫残梦化年轮。

（二）纤　夫

纤绳勒肩头低垂，声声号子急流廻。
俯身十指扳礁石，险滩难过百浪摧。

（三）弹花匠

背弓震弦击纺槌，旧絮翻新白云堆。
覆被众生冬日暖，他乡檐下难立锥。

（四）制秤老店人

金漆剥落百年匾，堤下茅街铺一间。
几代人制一杆秤，守住毫厘种心田。

三、四时吟咏

2006~2017年8月，写于北京亦庄、安徽黄山、江西赣江和湖南汨罗江等地。

咏 春 三 首

（一）芦　花

江南赣水江畔，有大片大片的芦花。

芦花经秋复历冬，残絮再迎野桃红。
莫嗟断茎枯败叶，十万新芽春泥中。

（二）玉兰花

亦庄公园清水湖畔，植玉兰花树百余株。

不比疏影冰雪装，千树青蕾着银霜。
雁字衔来东风令，万盏玉杯酌春光。

（三）油菜花

诗中"洪庐"，指一朋友家在黄山的地址。

夜话洪庐风雨急，残红一地晓莺啼。
灿黄菜花明似锦，蜿蜒青山水塘西。

咏夏三首

（一）祭端午

传屈原在汨罗江畔，吟《怀沙》一诗后投江。

菖蒲猎猎展汨罗，悲吟《怀沙》投碧波。
急鼓龙舟追逝水，千年犹唱《离骚》歌。

（二）七　夕

不见银汉又一秋，疑是天河断星流。
今夕渡桥何处建，归巢喜鹊正凝愁。

（三）小暑日山村

临水蓼花落蜻蜓，鸟声如雨半山晴。
石盘久坐生凉意，且寻瓜蔓绕篱行。

秋月四首

（一）中秋月

2013年中秋节，是日云层遮月。

登楼望月立多时，未见霜辉桂影枝。
纵然华灯也灿烂，怎及玉璧向秋思！

（二）白露月

2015年秋日，正值白露节气。

月上东湖镂花阴，清氛习习正衣襟。
素光何曾分冷暖，人间自有炎凉心。

（三）长城月

2016年10月，在万里长城上观月有感。

晨曦勾勒群山巅，戍楼雉堞势蜿蜒。
一痕淡月天际冷，风如悲笳诉当年。

（四）拟李白诗意

诗中二至四句，皆转自李白诗句。

赊来盛唐千江月，酿月为酒白云边。
雁引愁心咸阳树，相思静夜年复年。

冬 日 三 首

（一）荷 塘

残荷一似泼墨成，半卷半舒向晚风。
枯蓬瘦梗塘中立，气韵萧寒近古松。

（二）小寒节气

月下篱落淡晨光，山林渐次现枯黄。
白发人在寒风里，一肩霞色遍地霜。

（三）曝　日

对镜苍颜七十秋，暮岁已无杞人忧。

曝背始知冬日暖，袖手犹待东风稠。

四、咏史怀古

这些年，闲时读《南北朝史》有感，并写下了六朝几个历史人物的怀古诗。

怀嵇康二首

嵇康以锻铁为平生之好。终因与司马氏政权不合作而获罪，临刑前顾视日影，索琴弹《广陵散》。时人以"玉树临风"形容其风仪。

（一）

四溅星花烈焰腾，挥锤炉畔炙烤红。

冰火双重相击淬，铁砧百炼始成功。

（二）

顾视日影抚琴弦，广陵一曲裂云天。

三千门生长跪泣，临风玉树就刑前。

怀 阮 籍

阮籍不满当时的政治，以青眼看志同者，白眼视俗人。曾著文抨击名教礼法。平日狂饮以避远祸及身。

纵饮托醉为谁狂，玄言远祸深意长。
任诞何止青白眼，鼾雷酒垆美妇旁。

怀 陶 潜

陶潜即陶渊明，家中案几长期置无弦琴一张。

荷月锄苗南亩风，柳堂书签菊篱东。
汲古濯泉田园乐，抚琴无弦酒瓢空。

怀 王 羲 之

王羲之曾书道德经换得一笼鹅而留下佳话。山阴即今浙江绍兴。

悠然坦腹情率真，逸墨书经笼鹅群。
一殇一咏兰亭水，从此长做山阴人。

怀 丘 迟

丘迟《与陈伯之书》中有"暮春三月，江南草长，杂花生树，群莺乱飞"的传世名句。

江南一书陈伯之，舍子携归八千师。
阅尽春色岂淮水，群莺岁岁话丘迟。

五、读画咏情

我平生喜画，尤其喜爱中国水墨山水写意画。近几年还阅读过一些画家的人生经历，也一并写于诗中。

咏王冕二首

王冕，字元章，元代著名水墨写意画家和诗人，字号"梅花屋主"。幼时家贫，放牛自学成才。不事鬼神，曾将庙中神像劈作柴用，常住寺院就佛灯读书。亦曾绝食抗议元朝统治者对汉人的高压政策。

（一）

牛背学画描新荷，丹青换米岁月多。
植梅千株野桥外，淡墨冰肌铁干柯。

（二）

三更书声佛殿灯，劈薪神像煮豆羹。
梅花屋里绝食者，每忆苍生泪不停。

咏徐渭二首

徐渭，字文长，号青藤道人，又自称"畸人"。明朝著名文学家、书法家和画家。20岁中秀才，后八次应试不第，曾九次自杀不遂，又因妄想症杀妻，下狱七年。是中国文人大写意水墨画的杰出代表，对后世绘画影响深远，誉其为"中国的梵高"。

（一）

几椽东倒西歪屋，云起涛飞骇世书。

泼写瘦荷消块垒，狂草葡藤掷明珠。

（二）

科场落魄羁牢恨，九死九生长青藤。

拍舟墨海行日月，四百年来仰奇峰。

咏八大山人二首

朱耷，字雪个，号八大山人，别称"屋驴"等。明王室后裔，明亡后，曾一度逃禅为僧以避祸。晚年落款书画，有意将八大山人连写成"哭之笑之"，以寄家国之恨。1985 年联合国教科文组织列其为中国十大文化名人之一，并以其名字命名了新发现的太空小行星。

（一）

哭之笑之家国非，墨点泪点肝胆摧。

白眼鱼鸟睥尘世，剩残山水茹辛悲。

（二）

天箝恨口渎称"驴"，破决网罗画游鱼。

鼓腹颠歌逃市肆，门头"哑"字涂鸦书。

咏髡残二首

髡残，字石谿，号髡残、残道者。明亡之际参加抗清斗争，失败后尝与顾炎武等交游。以羸病之躯十三次赴南京、北京拜谒明皇陵，最后削发为僧。自云："老去不能忘故物，云山犹向画中寻。"

（一）

曾经兵败避莽林，南驱北驰拜明陵。
重峦烟树苍茫水，一木一石故国情。

（二）

薙发披血称头陀，溪庵向晚听樵歌。
笔底春风也浩荡，不绿梦中旧山河。

六、挽诗：悼念学友

悼 张 文 忠

2017 年 5 月

流星昨宵划天际，冷月三更荒鸡啼。
东风楼前东风老，觅君足音草凄迷。

挽商传二首

2017 年 12 月

（一）

冲檐出圈真少年，一石击破水中天。
寒凝芳华摧良木，崛起史坛著新篇。

（二）

共饮汾水初相识，重逢亦庄白发时。
天妒英才恨无限，临街悲风日落迟。

辉 煌 谢 幕

西人说：圣洁的天鹅一生只唱歌一次，那就是她临终的绝唱——辉煌的谢幕。仅以此诗怀念所有故去的学友……

洁羽如雪凌清波，引吭婉丽动地歌。
落日风中绮霞散，一声浩叹悲长河。

何贤景　男，1946年2月生于湖南省华容县。首师大中文系六八届四班毕业生。1969~1970年8月在部队劳动锻炼，1970年9月后从教38年。中学语文特级教师，享受国务院政府津贴。曾任北京十五中校长，北京第十一、十二届人大代表，中国民主促进会北京市委常委、原宣武区工委主任。曾出版专著《词语·语境·语感》一书，担任教育部国家规划教材《中职语文》副主编。

张德才（16首）

题李清照纪念堂

1987 年 7 月

李清照为宋代著名女词人，其纪念堂位于山东济南趵突泉公园内漱玉泉北。诗中"著金石"指其襄助丈夫赵明诚著述《金石录》；"赋雄诗"指其最著名的《夏日绝句》诗作。

漱玉泉边清照祠，人生多舛叹君时。
藕花争渡惊鸥鹭，兰室相夫著金石。
褪尽铅华愁苦雨，历经离乱赋雄诗。
老来境遇堪凄惨，身后唯留一卷词。

登 蓬 莱 阁

1993 年

蓬莱阁位于山东蓬莱北丹崖山巅。古代传说其与方丈、瀛洲为海上三仙山，上有长生不老药。史载秦皇曾为求仙寻药而来此，方士徐福受秦皇之命亦曾东渡入海。

雄阁高踞海云间，往事悠悠多笑谈。
嬴政西来求万寿，徐福东渡访三山。
痴心不教光阴转，性命终遭黄土湮。
我劝世人休妄想，身无贪欲自成仙。

游 华 清 池

1995 年 4 月

此为在毗邻华清池的铁路职工疗养院，办信息员培训班时所作。

锦绣骊宫接翠微，海棠凝脂浴娇妃。
华堂歌舞开筵宴，绣帐承恩妒娥眉。
鼟鼓连天惊汉阙，花容香殒葬马嵬。
兴亡鉴戒应牢记，淫逸骄奢国必危！

崂 山 纪 行

2004 年春

崂山古代称劳山、牢山，亦称辅唐山、鳌山。在山东半岛西南，是我国海岸线第一高峰，有"海上第一名山"之称。诗中"神泉"指崂山的八大名泉；“留仙”即蒲松龄，曾在崂山著《聊斋志异》。

崂顶凌空沧海边，道家祖庙隐山间。
峰峦夕照颇壮丽，海市层楼更奇观。
汉柏千秋犹茂盛，神泉百代尚甘甜。
留仙曲笔说灵异，一部《聊斋》细把玩。

昆仑山口抒怀

2011年12月8日

昆仑山古人尊为“万山之宗”、“龙脉之祖”，有“国山之母”的美称，是青海、甘肃通往西藏的必经之地。诗中“天路”即世界海拔最高的青藏铁路，现已建成通车。

昆仑本是龙脉祖，自古尊为万山宗。
碧落云腾成万象，高原雪覆舞千龙。
茫茫荒野无人迹，寂寂丘垅少鸟踪。
天路而今正建设，铁军十万尽英雄！

观秦淮河夜景

2011年12月10日

为公款吃喝之风日盛，屡禁不止而写。诗中“祲”即太阳旁边的云气，古人认为可预示吉凶，多指不祥之气。

霓虹五彩照秦淮，宛若瑶池筵宴开。
浅唱低吟移画舫，狂餐豪饮上楼台。

乌衣巷口欢声动，王谢堂前紫燕来。
盛世繁华应尚俭，奢靡丧志祲成灾！

咏史怀古组诗六首

我在铁道部机关工作期间，曾利用出差和调研的机会，拜谒、凭吊和参观过许多历史人物的陵墓、庙宇及遗址，并咏史怀古，写下了不少诗稿。此次从中选出六首，刊于《老同学诗抄》之中。

（一）谒岳王庙

1989年5月

诗中“日昭昭”即岳飞遇害前在供状上写下的“天日昭昭”四个大字；“犯忌应由迎二帝”句，指岳飞迎回被金兵俘虏的徽、钦二帝，犯了高宗赵构的大忌，成其被害的原因之一。

壮志常怀慈母训，精忠报国日昭昭。
长驱铁骑逐胡虏，直捣黄龙斩敌枭。
犯忌应由迎二帝，罹冤终被弃市曹。
古今多少荒唐事，常使忠臣泣楚骚。

（二）咏古汉台

2008年秋

古汉台位于陕西省汉中市汉中区，为刘邦当年的王府遗址。诗中“荥阳飞矢惊魂险”句，指公元前203年，楚汉两军对峙于河南荥阳广武，项羽一箭射中刘邦胸部，所幸未伤及性命。

韬光养晦筑高台，汉室龙兴由此开。

栈道明烧疑忌去，陈仓暗度破关来。

荥阳飞矢惊魂险，垓下楚歌动地哀。

成败得失说刘项，分明高祖重人才。

（三）叹香溪河

2011 年秋

香溪河发源于神农架，为长江支流。湖北省宜昌市《兴山县志》载："昭君临水而居，恒于溪中浣手，溪水尽香。"故称香溪，亦即香溪河。诗中"烟墩"即烟墩坪，为王昭君故里，在今兴山县宝坪村。

昭君故里梦常萦，今到烟墩慰此生。

远眺峰峦皆秀色，静听琴瑟是溪声。

嫣珠散落香流水，塞曲翻成恨别情。

慷慨和番弭战乱，长留高冢草青青。

（四）吊成吉思汗陵

2011 年 12 月 7 日

成吉思汗陵位于鄂尔多斯市伊金霍洛旗境内。古时蒙古族实行"密葬"，成陵的确切地址一直是个谜。历史上该陵曾经历过三次长途迁移，最后于 1954 年迁至现址，并新建宏伟壮观的陵园。

墓园莽莽傲苍穹，金碧辉煌耀眼明。

征战当年驰烈马，开疆几度挽强弓。

草原朔漠皆麾下，西亚东欧亦称雄。

一代天骄今已矣，王陵千古草青青。

（五）观张飞擂鼓台

2012 年

张飞擂鼓台在湖北宜昌西陵峡口北岸，形若一巨大的圆柱状石峰，耸峙江滨。诗中"雄关"指西陵峡口的南津关；"西江"指西陵峡口以西的长江上游；"鼙鼓"即古代军中的大鼓，"貔貅"是古代传说中的猛兽，此处比喻勇猛的军士。

雄关万仞锁西江，虎将当年操练忙。

鼙鼓三通天地动，貔貅十万意气扬。

铜墙铁壁横天堑，煞气威风震楚襄。

可叹英雄今已矣，唯留峡口水汤汤。

（六）览阿房宫遗址

2013 年 2 月 13 日

阿房宫遗址位于陕西西安市西郊约 15 公里的阿房村一带。今只有两处土台基和台地为最显著的遗址标记。

一统神州做始皇，祖龙威势震八荒。

阿房宫殿连天宇，楚炬咸阳变火场。

自古兴亡皆人事，而今功过细考量。

骄奢淫逸家邦毁，镜鉴长留岂可忘！

记文工队聚会

2015 年 10 月

为纪念首师大中文系六八、六九届教改文工队成立 50 周年而写。

当年教改做尖兵，组队宣传乡下行。
徒步串村趱夜路，轻装越岭踏荒荆。
心红似火弦歌亮，义重如山父老情。
逝去韶光常入梦，满头华发又还青！

悼念文工队亡友

2015 年 10 月

中文系文工队聚会时，大家沉痛悼念李祯国、孙世嘉二位已逝的队友。

痛哉队友赴仙乡，老泪横流欲断肠。
昔日山村成旧梦，今朝两界恨阎王。
已无竹板豪情壮，岂有风琴韵味长。
恳请天公多护佑，亡魂仙苑不凄凉。

七 十 初 度

2016 年 3 月，为纪念自己的七十岁生日。

古稀初度白头翁，岁月如歌慰此生。
福祸家邦同命运，沧桑乡曲共春风。
酬勤自信天公道，奋斗终究业小成。
老骥扬蹄犹慕远，初心不忘再长征。

山 中 小 住

2016年9月

上世纪70年代，我曾在密云石城中学任教。2016年秋故地重游并小住数日。诗中"刘子骥"即东晋诗人陶渊明在《桃花源记》中提到的隐士，曾寻访桃花源未果。

远离闹市住深山，幸喜偷得数日闲。
河畔捉虾提密网，枝头收栗举长竿。
连绵翠岭风光好，肥沃梯田稼穑鲜。
我告南阳刘子骥，分明此处是桃源。

张德才　男，1946年3月生，北京市人。首师大中文系六九届毕业生。1971年1月分配到密云石城中学，1978年5月调铁道部丰台桥梁厂职工子弟中学任教。1984年7月调铁道部丰台桥梁厂政治部办公室任秘书，1986年6月调铁道部纪委，历任秘书、纪检员、办公室主任、巡视员（正局级）等职。2006年退休。现任铁路总公司休干局第三住宅区党总支组织委员兼党支部书记。

刘仲孝（11首）

念奴娇·卢沟桥怀古

1969年9月

诗中"马可波罗游记好"句中的马可波罗为意大利人，元朝时来中国，写过一本中国游记，对卢沟桥大为赞赏；"好问"即元好问，辽金时代著名诗人。

此诗曾收录于《华夏吟友》诗词集。

卢沟桥畔，望长桥，万姿石狮成列。翠柳萋萋今已逝，唯剩"卢沟晓月"。曲岸沉沉，黄涛滚滚，胜地夕阳灭。昭华如箭，往来多少英杰？

五代摆渡彦章，浑河弃橹，破胡真英烈。马可波罗游记好，盛赞长桥奇绝。好问题诗，壮悲秋色，千载人事阅。"七七"炮响，抗倭八个年月。

赠学友张德才

1971 年 3 月 20 日，接学友张德才书信及雅作，欣喜无限，即兴而题。

翩翩青鸟至，眉宇顿轩然。
佳句激诗意，云书识旧年。
挥毫付诗债，凝语对蓝天。
待到相逢日，桂轮应共圆。

咏张志新烈士

1979 年 7 月

此诗曾收录于《中华诗选》。

飒飒英风荡九州，楷模堪为后人留。
遗文浩气弥真理，怒目囚窗战寇仇。
碧血换来新日月，丹心翻写旧春秋。
都缘革命千秋业，岂惧颅躯向地投。

游杜甫草堂

2010 年

"文革"期间，与学友李进路同游杜甫草堂。退休数年后忆当年之事，历历在目，欣然命笔。

万里谒诗圣，草堂百花春。

风雨无家别，战云石壕村。

西邻任扑枣，广厦蔽寒林。

民情胜李白，后世仰钦真。

谒关汉卿墓

2010 年

诗中"蒲水威观"为伍人桥上的一块石匾额，传说为关汉卿手书；"石人告状"为当地一传说：西汉末年刘秀问路不遂，杀了路口的五个农民，后该路口留有五个石人的古景。传关汉卿为此做过一场五个石人向他告状伸冤的梦。

汉卿故里伍人桥，蒲水威观胜画描。

窦娥奇冤遗华夏，石人告状觅舜尧。

虎头宝砚新出土，普救禅寺废前朝。

我来坟前恭立久，心潮笔底泛波涛。

咏景泰陵三首

2011 年 10 月

景泰陵即北京昌平区的景陵（明宣宗）和泰陵（明孝宗）。那里有十三处明代皇帝的陵墓，统称明十三陵。

（一）

于谦拥立解倒悬，二四春秋亦可怜。

棠棣相争宫门变，如今唯剩景泰蓝。

（二）

身崩永安宫，魂寄金山脚。

赖有贤明侄，矫诏复帝号。

（三）

金山口内起碑楼，寂寞沧桑岁月流。

君王过功身后定，留与后世写春秋。

拜顺义鲁各庄村张相公庙

2012 年

据《水经注》云，汉渔阳太守张堪于县西开稻田，教民种植，民得以殷富。童谣歌曰："桑无附枝，麦穗两岐。张君为政，乐不可支。"

张公汉代官，至今两千年。

渔阳为太守，屯田孤奴山。

为官八年整，匈奴不敢犯。

垦地八千顷，大修水利兴。

教民种稻法，富足且民丰。

故有童谣歌，颂君美德政。

张公名讳堪，万代美名传。

百姓建庙宇，祭祀在其间。

三间寻常殿，壁画内容鲜。

皆有种稻事，绘图众人观。

平池育稻种，插秧布水田。

收禾黄金季，稻香满川原。

图画殊新颖，殊于别庙坛。

公离去职日，父老立道盈。

坐车被挤坏，道路断阻行。

挥泪送君去，依依满别情。

我离此庙去，英风满场院。

如今公务员，读读《张堪传》。

观辽东湾运河二首

2015 年

辽东湾运河俗称萧太后河，此河流经我故乡村中，其古道已逐渐消失。

此二首曾发表于《天津日报》。

（一）

寂寂渔村一水分，泽绵百纪裕后昆。

曾传萧后巡游憩，还听父老匍匐奔。

侧畔市缠鱼蟹贱，商通贡赋海江滨。

古河如今成平道，云水帆樯梦里寻。

（二）

运粮河边千万柳，风光旖旎画中仙。

一道烟水弥新野，两岸人家送客船。

古刹钟声传远径，九桥帆影映农田。

桑田沧海犹一梦，古镇长留万世间。

刘仲孝 男，1945年11月生，天津武清人。首师大中文系六九届毕业生。曾任《人民铁道》报主任编辑（副高职称）、北京史地民俗学会理事、中国地名学研究会会员。1984年始，先后在报刊杂志上发表有关史地民俗、旅游知识、地名考证等文章和论文300多篇。中国文联《华夏吟友》诗词集、《近五十年环球汉诗精品》和《中华诗选》曾收入其诗词10余首。主要著作有《北京京畿丛书·丰台卷》、《历史名人咏卢沟桥诗词选注》、《青云志》、《天桥图志》和《决口》等。

贾建国（5首）

红色旅游江西行二首

2012 年 2 月 29 日

江西瑞金是中国革命的摇篮，景德镇是誉满全球的瓷器之都。这两处是环渤海旅游联合会的红色旅游基地和爱国旅游热线。

（一）瑞　金

吃水不忘挖井人，红色故事出瑞金。

浮梁景区多名世，星火燎原主义真。

二十二载风云路，东方腾起巨龙身。

井冈翠竹育后世，告慰先烈革命魂。

（二）景德镇

新平五品古县衙，景德瓷器誉天涯。

当年井冈点火种，瓷都古衙并蒂花。

愿当园丁勤呵护，愿绘美景作画家。

渤海同仁共努力，非遗传统扬天下。

访第五季台湾水果园

2013 年 9 月 23 日

第五季百亩台湾水果园是北京乃至华北地区面积最大、树种最多、功能最全、颜值最高的热带水果园区。本人曾多次游览并赋诗多首，现选其中一首，刊于《老同学诗抄》。

龙水凤岗第五季，华北大地创奇迹。
百亩温室林木丰，台湾果树齐聚集。
龙眼榴莲菠萝蜜，热带水果飘香气。
北国江南风景美，最佳旅游目的地。

六度盘锦游

2013 年 10 月 28 日

我曾六次赴盘锦旅游，这里有大片大片的生态湿地，在海浪般的绿色苇荡中，红色的碱蓬草最为鲜艳。每年十月，这里都是五彩斑斓的秋色。

绿苇荡，红海滩，苇绿蓬红碧连天。
盘锦金秋风光美，湿地旅游正灿烂。
愿作鸿雁传喜报，愿作飞絮伴夕烟。
欣赏美景品海味，盘锦旅游扬风帆。

观版纳望天树

2015 年 3 月 30 日，率团游西双版纳热带雨林望天树景区，只见望天树树高八丈，枝叶参天，如登天之梯，须仰视才见树顶上的蓝天。其高、其势、其状、其绝，为世界所罕见。

磨憨望天树，林中擎天柱。

虬枝伴蓝天，凌云浮轻雾。

雄视小天下，胸阔豪气舒。

男人大丈夫，人生求进步。

贾建国 男，1946 年 4 月生，籍贯北京市。1965 年 9 月考入首师大中文系。1970 年毕业后在大兴县中学任教，1991 年至今为北京国兴旅行社董事长、泛渤海旅游大联盟会长。平生喜好古诗词，共创写古诗词一百多首。

刘家新（8首）

八大处进香

2006 年 2 月

出得净土进空门，青山碧水望流云。
空山鸟语香雾绕，一树一草一观音。

西湖断桥游

2006 年 5 月

西湖断桥故事多，白娘许郎渡爱河。
谁能抽刀把水断，爱恨情仇都是歌。

中秋节赏月

2008 年 9 月

彩云追月绕天边，嫦娥玉兔望故园。
月盈月缺无所叹，大美胜景在人间。

泼墨钓鱼台

2015 年 11 月，在钓鱼台国宾馆召开纪念抗战胜利七十周年诗词书画大赛颁奖会，我的书法作品进入前十名，并代表作者在会上发言。参加大会的有许多书画界的名人，和他们聚会交流使我受益匪浅。

书画盛会在京城，钓鱼台内会群英。
翰墨飘香识名家，交友结缘笔中情。

三 峡 揽 胜

2017 年 10 月，与中文系学友同游重庆和长江三峡，在游轮中赏景联欢，其乐融融，写此诗以留念。

扶栏凝眸望三峡，巫山神女雄天下。
高峡平湖添胜景，留住白帝给史家。

咏 石 景 山

2018 年 2 月

太行东脉石景山，长安大街一标杆。
玉皇殿堂依山建，俯瞰首钢百余年。

清 明 雨 雪

2018 年 4 月

清明雨雪实难求，滋润大地贵如油。
毛裤羽绒穿身上，管它是冬还是秋。

立 夏 有 感

2018 年 5 月

最美风景在路上，最好感觉胸中藏。
不要人夸颜色好，求得清气染苍茫。

刘家新　男，1946 年 1 月生，北京市人。首师大数学系六八届毕业生。1969 年~1970 年 8 月在部队劳动锻炼，1970 年 9 月起先后在石景山苹果园中学、高井中学和北京九中任教。中学高级教师。2006 年退休后致力于研习书法，现为国家一级书法师，北京六艺嘉韵书画艺术研究院院士，河南东坡书画院艺术研究院名誉院长，文化部主管的中国大众文化学会书画艺术专业委员会委员。近年来参加全国书法绘画大赛屡获金奖或特等奖。

商 传（11首）

大串联中步行赴延安

1966年冬，大串联中与同窗学友步行赴延安，渡黄河后病于延水关村舍。傍晚稍愈，即复上路，追赶队友。

延水关头黄水横，村前卧病听涛声。
耳边浩瀚千条浪，脚下艰难万里程。
霞满山川催病愈，云浮渡口唤吾行。
回身欲别黄河去，浊酒一杯斟满情。

游漓江（藏头诗）

1967年秋，游于桂林漓江畔。时与发妻江丽初恋，遂成藏头四句，以述思念之情。

我迎秋风入画间，
爱尽桂林碧翠山。
江晚残霞染水色，
丽人独坐思谁还？

丙戌冬日过文成县三首

2006 年 12 月

（一）过夏山刘基墓

刘基，字伯温，浙东青田人。为明朝开国功臣，封诚意伯，谥文成。后青田县改称文成县。刘基初选谈洋为墓地，胡惟庸辈诬称其有帝王气，基遂弃之，复选夏山。

谈洋寂寥夏山青，封土碑前少牺牲。
鸟尽弓藏千古事，只缘儒子好谈兵。

（二）游华盖山刘基庙

刘基庙前有二牌坊，一曰帝师，一曰王佐。

子房功业诸葛谋，肇建大明三百秋。
自古君心多疑忌，帝师王佐少公侯。

（三）访南田刘基故居

刘基故居为近人所修，唯一水井为故物也。

南田草舍闭柴门，冬雨砚池细无痕。
小犬隔林吠远客，苍苔旧井思故人。

清 明 扫 墓

2007 年是家父百年诞辰，写于清明扫墓之时。

岁岁思亲最此时，家常难叙悔方迟。
春风不解来人意，吹落残花又几枝。

山 间 秋 兴

2008 年 8 月，游京西雁翅山溪边饭村店，记此。

溪畔秋棚下，粗茶淡饭香。
云来山道远，风去水波长。
昔叹乡居苦，今呼市井忙。
何日归田里，窗前读旧章。

城 南 乐 居

2009 年夏于城南澹爽斋

家父曾书：读书最乐，健康是福。又，明人以不饮之客为恶客。

家住城南凉水湾，青篱小院翠竹环。
少年不解耕田乐，垂老方知读书闲。
泼墨草窗掷笔去，挥毫山坊寄情还。
花间浮白惊恶客，一树海棠压枝弯。

题康陵正德春饼宴

2010 年 9 月，受昌平区委托，帮十三陵康陵村脱贫，设计正德春
饼宴，以飨老饕。数年之间，名满京城，喜哉！

青松翠柏村边槐，古道游人踏苍苔。
胜迹能寻须漫步，佳肴难得少徘徊。
农家便饭帝王用，御膳珍馐百姓开。
主妇呼儿沽老酒，谁家有客慕名来！

甲午一百二十年祭，台风临海抒怀

2014 年

诗中"南塘"指抗倭英雄戚继光，戚号南塘。少年时曾赋诗：封
侯非我意，但愿海波平。

祭日惊涛岂无情，百年读史是书生。

英雄气短空扼腕，儿女情长怎谈兵。

鼠辈弄权添国耻，豺狼本性自狂横。

南塘不再封侯志，今日海波犹未平。

张志新烈士遇难三十九周年祭

2015 年

诗中"杨左"指杨涟、左光斗，为明东林党领袖；"许显纯"即阉
党爪牙，锦衣卫指挥。

美善坚贞集一身，须眉自愧意淳淳。

临刑不改巾帼志，热血只求主义真。

拍案曾吁叹杨左，长吟无泪哭志新。

惊闻酷吏逍遥在，谁是当朝许显纯。

　　商传　男，1945年11月生，河北清苑县人。首师大历史系六八届毕业生。1969年~1970年8月在部队劳动锻炼，1970年9月在门头沟中学任教。1978年考入社科院攻读硕士研究生，毕业后进入社科院历史所，历任研究员、学术和学位委员、职称评定委员、所党委副书记等职。为博士生导师。曾任中国明史学会会长，多次在《百家讲坛》讲授明史，发表史学论著多部、学术论文和读史随笔数十篇，为中国著名的历史学家和明史研究专家。2017年12月因病去世。

杨　帆（22首）

　　五四运动后，小诗曾盛行一时，开创了新诗由外部世界的描写转向对主体内心精神世界描写的一条道路。它具有形象生动、心灵外化和诗意隽永的特点，特别适合作者随感而发。在网络微文化盛行的今天，小诗再次成为被广泛认可的联络世界的方式。我很喜欢小诗。下面这二十几首小诗，是我近几年的习作，在此奉献给《老同学诗抄》。

念 慈 母

2013 年 1 月 6 日，写于母亲诞辰 100 周年。

　　情至意尽恩泽绵，福荫后人峥嵘妍。
　　勤勉一生举仁善，故事沥胆道世蟠。

衣 气 若 兰

写于 2014 年 6 月 18 日，赞小孙女芷萱服饰的气质美。

　　芷萱衣装母悉选，气质风格赛天仙。
　　洒脱韬映诗书气，清爽鸿辉健美人！

锦 绣 人 家
——祝贺楠妮

2014 年 11 月 9 日，祝贺儿与媳，写在孙儿 Lucio yang 降生之时。

儿诞金秋福悠远，女乃闺秀心镜圆。

成就几代双全梦，运旺时盛善相连。

协 和 雪 白

2015 年 4 月 24 日，为北京协和医院迎接"5.12"国际护士节而作。

仲春三月雪迟来，淡定白色靓心怀。

雕梁持重撑碧玉，慈心妙手拯世才。

旅游散记四首

2015 年 10 月 ~2016 年 2 月

（一）赞威尼斯城

威尼斯是"因水而生、因水而美、因水而兴"的一座水上城市，
是世界著名的历史文化名城，拥有"亚德里亚海女王"的美誉。

文艺复兴的菁华，碧波荡漾的梦乡，

柔美的水上都市，上帝也要钟情落泪的地方。

（二）献给圣托里尼

圣托里尼是希腊大陆东南爱琴海上一群火山组成的岛环。这里既有延续三千多年的古老文明，也有20世纪考古新发现的古代城市遗址；既有沿山环海小巷迷人的风光，也有"日落爱琴海"的绝色霞景；既有蓝白相间典雅的建筑，更有淳朴好客的民风。所有这些，都让来自世界各地的旅游者在惬意的享受中，接受热爱生活与光大生命的洗礼。

神话般的平和梦幻，雄鹰般的持重豪迈，
熔岩般的靓艳热度，史诗般的憧憬今生。

（三）圣家堂感怀

圣家堂是位于西班牙巴塞罗那的一座异常雄伟的罗马天主教大教堂，被联合国教科文组织评为世界遗产。该教堂始建于1882年，至今已建设130多年，预计2026年完工。

百年在建圣家堂，高雅浪漫领风尚。
细腻温暖蕴美情，荡气回肠大文章。

（四）原始之美

花莲即台湾省花莲县，位于台湾东部海岸的狭长地带，东临太平洋，西部是高耸的中央山脉。因开发较晚，保留了丰富的台湾原住民文化。

花莲东临太平洋，美奂溪流笑归家。
百岳峻岭藏壮丽，千仞断崖撩浪花。

拳拳在念

2015 年 12 月 21 日七旬寿诞之时，思念祖国，心系中华。

地大物博人口多，文化璀璨富波折。
跻身世界求跨越，寿域无多吾当何？

生 命 之 春

2016 年 2 月 10 日，有感于陈教授镜头里的春天。

远来的画面令我凝神，凝神领略画蕴的春音，
天地人和肖妙的希声，鸣奏着新生命的华章！

七 旬 自 勉

2016 年 3 月，我已过古稀之年，从事教师和教研员的工作也已 48
年。感谢光阴的积淀，让我 70 岁后还保持着青春的心态。

筑梦桃李毕生力，梦圆从心而欲年。
右抱左牵龙凤孙，七旬青春谢流年。

同 窗 友 缘

2016 年 5 月 7 日，为"物理 66 届"微信群题。诗中"鲜衣良马"
为一成语，指美服壮马，或谓服饰奢华。

鲜衣良马留不住，东驰西骋如梦然。
杖国之年昨悄至，剪烛西窗续厚缘。

荣 光 贵 道

2016 年 5 月 24 日，赞陈教授小女儿喜择生物医学专业。

家风持重育菁英，自幼致知妩媚生。
救死扶伤新道意，生物医学洏登峰。

写给佳佳、建武三首

2016 年 5 月 ~ 2017 年 7 月

佳佳和建武皆 80 后大陆青年。建武赴港大就读获博士学位，佳佳港大读硕后成为凤凰卫视资深记者。二人志同道合，相互促进，学习、工作成绩斐然，成为新一代在港青年中的佼佼者。特写诗三首以赞。

（一）佳佳丽质，卓尔不群

玉树琼花人俏丽，云青水碧世无双。
掩面昂首展内秀，铅华才涌现幽香。

（二）贺佳佳《十年——我和香港》再版

凌云健笔港十年，步月登云踏梦幻。
真情演义福祥地，青竹丹枫更无前。

（三）写在建武、佳佳在港积功建业之际

弹丸之地厚重史，璀璨明珠利人行。
谁说炎黄无新秀，大步登堂入世羾。

加 州 冬 趣

2016 年 12 月 27 日

回廊橄榄煦阳前，潋滟池水映蓝天。
满目绿野岂冬日，皑皑雪山似玉仙。

晨 光 熹 微

2017 年 1 月 24 日

霞蔚云蒸奇幻景，烟波钓徒心无渔。
霏雨晨雾行散去，际地蟠天陶然居。

成己成物颂

2017 年 3 月 21 日，贺八旬常老先生的书画展。诗题"成己成物"，
意为自身有所成就，也要使自身以外的一切有所成就。

字笔之力透江山，春暖冬寒话方圆。
朝书暮画觐百年，隋珠和璧惊四筵。

清明祭岳父母

2017 年 4 月 3 日，我和孩子们都去扫墓，祭奠先祖，追思岳父母
多年来对我的恩德。

草长花开觅清明，众嗣墓悼祭英灵。
遥见杨帆金龟婿，隔洋泪洒致恩萌！

今 夕 何 夕

2017 年 5 月 1 日，金婚之际写给爱妻孙月焕。

记忆的行囊，装满了珍贵的收藏；
半世的情愫，牵涉着亲历的沧桑；
年轻的憧憬，支撑起生命的风帆；
七旬的伴侣，焕炳出夕阳的堂煌。

合 家 欢

2017 年 12 月 21 日，祝兄弟姐妹一代人幸福。

往事如烟迟未觉，七旬追梦恍昨天。
外强中干童心在，从心而欲享天年。

杨帆　男，1945 年生于北京，首师大物理系六六届毕业生。1968~1992 年在北京市密云县和东城区中学任教，1993~2005 年在北京教科院基教研中心任物理教研室主任。曾主编和编写北京市物理高考、中考参考用书，主持和担任高考、高中会考的物理考试说明以及命题和阅卷等工作，并担任北师大版初中物理教材的副主编。退休后被北京大学网络教育学院聘为初中物理教师培训主持专家。

刘本铣（3首）

同游陶然亭

2013 年 11 月 8 日

是日，与大学同学十二人同游陶然亭公园。依古亭边，看湖色茫茫。在水一方，回顾人生，无限感慨。

色彩斑斓秋满园，同窗相伴醉陶然。
涓涓流水锦鲤跃，森森林木莺鸟啭。
古亭平湖依然在，青春年华已不还。
友情绕指化亲情，伴我夕阳红余年。

一零一中校园行

2018 年 3 月 22 日

我初中的四位女同学毛祥华、白宜丽、王安娜和罗朝霓，相约回母校一零一中学看望，她们在校园内漫步多时而流连忘返。弹指一挥间，将近六十年，不禁唏嘘感叹。我未能与她们同行甚感遗憾，看着她们漫步校园的照片，特吟诗一首，表示我的所思所感。

桃红柳绿四月天，毛丽娜霓回校园。
当年少女读书处，眼前依稀梦翩跹。

老五届学友再相聚

2018年4月16日

去年四月，首师大、北工大和北工商三所高校的十几位学友，曾相聚于《四世同堂》酒楼，为回忆录《汾水留痕》、《难忘的青春》和长篇纪实小说《那个年代，那群大学生》的出版座谈，共同回顾在驻晋部队接受工农兵"再教育"的坎坷经历。一年后的今天，三所高校的七名老五届学友，再次相聚于此畅谈。同学情、战友情，情意绵绵，令人难忘。

去年人间四月天，把酒叙旧忆峥嵘。
汾河长流水有痕，太行高耸山留影。
草长又是一年绿，花开依然十里红。
推杯品茗谈笑间，今年情胜去年浓。

刘本铣 男，1946年生，山东黄县（现为山东龙口市）人。1964年考入北京工商管理专科学校（现为首都经贸大学工商管理学院），1968年毕业后到部队劳动锻炼，1970年8月分配到北京市政机械公司，后调入北京热力集团公司，任企业管理办公室主任。高级经济师。曾有多篇散文、杂感及随笔在《北京日报》、《工人日报》、《时代潮杂志》及台湾《邮纵万里》等多家报刊上发表。

黄守忠（9首）

寒秋思归二首

1969 年 9 月

毕业后即到山西部队农场劳动锻炼，此时已整一年。何日是头，只可问天，遂吟诗两首，藏在心间。

（一）秋风吟

白云北风吹，汾水涛声悲。

愁来鸟不语，吾辈几时归？

（二）盼月圆

独立寒秋思渺然，审视星空白云盘。

汾水岸边种水稻，日复一日整一年。

何去何从难预测，不知何时把京还。

同学不语都在盼，还要望月几回圆？

夜宿青城山道观

1977 年 6 月

青城山在四川灌县西南，为全国四大道教名山之一，主要寺观有上清宫、天师洞、建福宫等，有"青城天下幽"之誉。

夜宿道观睡梦长，晨望层峦泛红光。
青城山幽前山处，山青水绿花草香。
后山栈道危岩建，摇摇欲坠现险象。
激流溪泉飞旋下，万马奔腾势脱缰。

鹳雀楼远眺

2004 年 5 月

鹳雀楼又名鹳鹊楼，位于山西永济蒲州古城西南的黄河岸边。它与湖南的岳阳楼、湖北的黄鹤楼、江西的滕王阁并称我国的四大名楼。站在该楼之上，举目远望，远处中条山气势磅礴，意境壮阔；近处黄河水云空渺，浊浪排空。此情此景，唤起我无限遐想。

名楼依然别样幽，临风伫立想从头。
四朝名胜踪迹尽，万古黄河依旧流。
鹳雀楼外烟波远，十里河滩麦浪稠。
今朝扬首再举目，云中鹳雀栖高楼。

四时登黄鹤楼抒怀

2004 年 12 月

　　黄鹤楼屹立于长江南岸武汉市武昌区东部的蛇山之巅。我在解放军审计署工作期间，经常到武汉市出差，也多次去黄鹤楼揽胜。于是写下了一年四时登楼远眺所见到的武汉三镇的壮丽景色。

（一）

晓春初登黄鹤楼，唯见长江天际流。
楚天碧日晴万里，桃花李花闹枝头。

（二）

仲夏再登黄鹤楼，江边吹来热风头。
楚乡千里尽工地，建筑工人挥汗流。

（三）

初秋又登黄鹤楼，葱茏郊野花饰州。
高楼大厦争伟岸，几座大桥竞风流。

（四）

寒冬四登黄鹤楼，武汉三镇眼底收。
崔颢应改诗一句，烟波江上不再愁。

满江红·入学五十周年

2014 年 9 月

碧水如天，黄叶地，同窗相聚。喜相逢，谈天说地，心旷神怡。秋风秋雨秋思长，怀念战友寸断肠。叹人生，难得几回聚，岁月去。

五十年，已逝去；不思量，自难忘。光阴催人老，留岁无计。笑迎天下情和义，淡对人间名和利。待来年，高歌越古稀，再相聚。

黄守忠　男，1945 年生，北京市人。1964 年考入北京工商管理专科学校（现为首都经贸大学工商管理学院），1968 年毕业后到部队农场劳动锻炼，1970 年入伍，在总后西南物资局工作。1978 年任解放军后勤学院财务教研室主任，1992 年任解放军审计署办公室主任。曾组织并参与编写《中国军事百科全书》军事后勤卷和军队审计卷、《中国审计史》等著作，并在军队后勤报刊杂志发表文章 20 余篇。

王宗汾（10首）

参观李大钊纪念馆

写于 2009 年 9 月 25 日，发表在山东科技大学报。

中秋佳节故乡返，着意参观先烈园。

百亩陵园松柏茂，一横绞架雪冰寒。

曙光初照神州地，热血映红华夏天。

魅力人生垂千古，中华崛起正扬帆。

赏洛阳牡丹

2011 年刊入《全国牡丹诗书画大典》

此花曾植国台处，今见洛阳繁茂林。

粉白红潮童子脸，妖娆裙绿美人身。

诗随千里追香梦，客汇九州觅花魂。

魏紫姚黄犹倾国，雍容华贵更宜人。

黄河之歌三首

写于 2012 年

（一）咏黄河浪

天水降龙哉，奔腾入海怀。

惊涛山谷震，骇浪画屏开。

逐鹿群雄迹，成功聚俊才。

当今歌盛世，华梦正飞来。

（二）瞻黄河母亲雕像

黄河之水如甘乳，孕育文明万代秋。

今日来瞻慈母像，辛酸泪水不忍流。

（三）颂小浪底水库

国人代代治黄灾，小浪清波画卷开。

征服狂涛今一笑，为民造福乐开怀。

浪淘沙·贺航母载机首飞成功赞罗阳

此诗 2013 年刊入《丰功伟绩》典卷

罗阳为中航工业沈飞工业集团党委书记、董事长和总经理，中国歼-15 战机研发制造总负责人。2012 年 11 月在工作岗位上殉职。

为国自当强，母舰巡航。战机飞起海空
翔。大海扬波凯歌奏，齐赞罗阳。

风浪起东洋，挑衅岛疆。可悲甲午耻难
忘。竭力丹心强军梦，亮剑豺狼。

钗头凤·悼余旭

此诗 2016 年 12 月 4 日，发表在山东科技大学报。

余旭，空军上尉，二级飞行员，八一飞行表演队中队长，能飞三
代战机的杰出女飞行员之一。2016 年 11 月 12 日，在飞行训练中跳伞
失败，壮烈牺牲。

金孔雀，巾帼杰，凌云豪志惊天阙。含
情眼，驱熊胆，战机熟驾，勇参航展。赞！
赞！赞！

青春悦，金孔雀，英姿飒爽长空跃。山
河颤，蓝天恋，魂归乡里，永思难断。叹！
叹！叹！

沁园春·北京召开"一带一路"
国际高峰论坛感怀

此诗 2018 年刊登于《松竹梅诗词集》第十三辑中

该高峰论坛于 2017 年 5 月在北京怀柔雁栖湖畔的国际会议中心
召开，有十几个国家参会。习近平主席发表了主旨演讲，全面阐述了
"一带一路"建设的丰硕成果，指明了未来的合作方向。

华夏复兴，大国发声，万国赞同。忆张骞
出塞，开通西域；郑和统领，七次航行。四海

风云，五洲联袂，交贸交流千古丰。车船驶，
望乘风破浪，互利共赢。

　　丝绸新路风情，引众家国宾客聚京。看舞
台合曲，情真韵畅；雁栖湖畔，谋划新程。路
带征途，巨轮高铁，互惠相通共茂荣。仰天
笑，正手挥彩带，红日东升。

青玉案·十连战友五十年后重逢

　　2018年5月8日，原解放军4657部队大学生10连的近50名战
友在京聚会，共同缅怀上世纪60年代末在山西汾水河畔劳动锻炼，接
受工农兵"再教育"的艰苦岁月。为此，特填词一曲，赋诗一首以为
纪念。

　　春来冬去如流水，夕阳丽，桑榆贵，追
忆韵华何滋味？早春秧育，寒荒战备，两载随
军队。

　　当今咱已成爷辈，华发斑斑也妩媚，今
日相逢重聚会。友情相叙，酒当陶醉，祝愿活
百岁。

京 城 聚 会

　　京城重聚话心田，弹指一挥五十年。
　　追忆河湾育稻谷，随军漠北御风寒。
　　当年语录朝夕读，今日翁婆鬓发斑。
　　如梦人生今盛世，家和身健可陶然。

王宗汾　男，1943 年 10 月生，河北乐亭人。1962 年考入北京工业大学，1968 年毕业后到部队劳动锻炼，1970 年分配到解放军 3606 工厂工作，1982 年调山东煤炭教育学院任教，2003 年从山东科技大学退休。曾担任《互换性与测量技术基础》规划教材主编。现为中华诗词学会会员、中华文学艺术家协会名誉理事。诗词作品在多家报刊发表，并多次在全国诗词大赛中获奖。曾编写诗词格律基础知识为广大读者授课。

孙福生（8 首）

黄 山 松

1994年有幸经合肥、巢湖、芜湖过长江到黄山一游，步行览迎客松、天都峰、鳌鱼背到莲花峰。一路风清气爽，黄山松迎来送往，遂诵小诗一首。

石为其母云为乳，黄山青松神臂舞。
莲花峰顶高万丈，唯它傲立观云瀑。

梦回石景山

石景山是我生于斯，长于斯的地方。山上的一草一木一石都有我童年割舍不断的记忆。2013年北京九中校庆时，欲与同窗登此山，但未能如愿，遂作此诗。

梦中又回石景山，一峰独秀众山远。
永定河水脚下过，遥与景山相指点。
石为其骨土为肤，金冠楼阁风云晚。
满身尽披翠绿甲，山腰古寺重修建。
西山群峰它为最，首钢新城展新颜。

再 游 孔 府

2013 年同学聚会时再游孔府，礼乐之声不绝于耳，令人肃然起敬。联想当今孔子学院遍布环宇，一片诵读之声，深感欣慰。

千古圣山人入境，隔世仙乐倾耳听。

孔圣桃李遍天下，环宇一片踏歌声。

观张家口画展三首

2014 年以来，张家口市举办过几届画展，其中不乏名人名画，有气势磅礴的山水大卷，笔法细腻的人物花鸟，写真写意，引人入胜。我近水楼台前往参观，一饱眼福，吟诗三首，畅诵其情。

（一）池塘荷

青萝伞盖朝天擎，娇嫩荷花玉立中。

鸳鸯戏水成双对，蜻蜓见状也动情。

（二）风鸟登枝

风鸟登枝叶正红，妙手丹青入花中。

不知雌鸟何处去，凝眸回首似有声。

（三）四季太行

太行山脉多奇峰，云海翻滚气势宏。

梯瀑如帘散珠雨，飞流直下落九重。

夏至隐密丛林绿，秋日红叶镶其中。

待到瑞雪来妆扮，银光闪烁更峥嵘。

四季如画风光美，万众敬仰留美名。

香山初雪

2014 年初冬，京城迎来第一场雪。与同窗好友登香山，远望群山白雪皑皑，近观枫叶红掌托白玉，遥想当年而欣然命笔。

远望群山披银袍，万马奔腾征战鏖。

近观雪下红依旧，叶托玉盘分外娇。

恰似当年风华茂，雪后携友乐逍遥。

莫言如今年齿高，犹愿登高仿年少。

迎 冬 奥

2015 年 7 月 31 日，北京申办 2022 年冬奥会成功。党中央决定修建新京张铁路，届时从北京到张家口从原来的三个半小时缩短到只需四十分钟，张垣大地无不欢欣。特赋诗表激情。

燕山山脉多俊美，拱卫首都大西北。

横跨南北太行山，巨蟒穿行永定水。

峭壁万仞拔地起，料峭群峰舞苍翠。

古有长城锁雄关，今朝宏图穿山隧。

从此塞外无隔阻，山城欢颜迎盛会。

孙福生 男，1945年6月生，北京市人。1964~1969年在北京工业学院（现北京理工大学）航空自动控制系学习。毕业后分配在张家口通用机械厂工作，任设备动力科和技术开发科科长、总工办主任等职。高级工程师。曾获河北省科技进步二等奖。

邢长师（8首）

忆军旅当年四首

2015 年 5 月

以此追忆我在野战部队度过的军旅生涯。

（一）战　区

太行西去走阴山，穿过雁门进荒原。
大漠起伏连如浪，静如磐石动如烟。

（二）阵　地

明飞寒雪暗流沙，多年阵地即为家。
闲来炮手学种菜，土豆长得大如瓜。

（三）守　望

一寸黄沙万丈山，十道长城百道关。
多少壮士苦守望，男儿回首泪潸然。

（四）长　啸

愤然投笔到边城，十年未战心落空。
胸有多少难言意，几声长啸唱今生。

咏秋四首

2017 年 10 月

（一）秋　　雁

舍边小池一汪水，双雁来时樱花开。

秋凉举家又南去，不知明春谁再来。

（二）秋　　荷

夏来挺腰撑绿伞，秋去弓背吊黄钟。

都说残荷好听雨，岂忍老身受欺凌。

（三）秋　　塘

残叶片片堆岸边，莲子颗颗落泥塘。

昨日峥嵘今日苦，只留池中一寸香。

（四）秋　　月

众人都说圆月好，我爱秋月俏弯弯。

问天满月几时有，月夜伴我上下弦。

邢长师　男，1942 年 2 月生，河北省新河县人。1962 年 9 月考入北京大学地质地理系，1968 年毕业，分配到中国科学院广州地理所任见习研究员。1969 年 1 月在驻晋部队劳动锻炼并入伍，曾任军作训处参谋、副处长、军教导大队队长、步兵团团长。1982 年被选调在军事学院大学生队学习，毕业后先在军事学院、后在国防大学战役教研部任教。

田文琪（8首）

军垦生活小记二首

（一）夜　　巡

1969 年 1 月

漠漠秋风淡淡云，朦胧茅舍夜深沉。
为护鼾声勤添火，也似同学爱我心。

（二）插　　秧

1969 年 5 月

左捻右插反身行，不信天生小脑灵。
腰肌虽痛心里乐，一丘绒绿手织成。

美国旅游散记四首

2006 年 9 月

（一）罗斯福森林公园

炊巾掩草密林间，嚼果听溪望碧天。
长湖水冷映残雪，抛纶无获亦欣然。

（二）孟特罗斯山

激流走隙但闻声，足下刀削万仞峰。
告示山狮频出没，长歌联句忘心惊。

（三）落基山公园

烈焰腾腾似布棋，鹿鸣深谷辨依稀。
黄叶林中传笑话，点火拨煤烤子鸡。

（四）红石公园

雄浑赤壁路转折，两三琼宇是丹佛。
万余空座无人笑，且作惊天动地歌。

战 友 聚 会

2017 年 5 月，为军垦时期学生四连战友在柏各庄聚会而写。

少年军垦别，再会已龙钟。
忐忑询名姓，依稀辨面容。
酣歌忘岁月，狂笑似儿童。
日暮分南北，参商难再逢。

退 休 之 乐

2018 年 3 月

退休之乐在轻松，书稿如山亦从容。
席间喷饭说李鬼，床前指月辨金星。

偶缘小聚得佳句，每把出恭作办公。

千步话疗节食妙，心清气畅了余生。

田文琪 男，1945年10月生，北京市人。1963~1968年，在北京大学俄罗斯语言文学系学习；1969~1970年8月，在部队劳动锻炼；1970年9月~1985年，在解放军总参某部及工程技术学院任教员；1986年至退休，高等教育出版社编审。曾担任高校外语教学指导委员会委员，高校外语教学研究会理事，黑龙江大学俄语语言文学中心学术委员会委员。曾参加起草大学俄语教学大纲，为《大学俄语表意语法》及《大学俄语快速阅读》等著作的主编之一。

滕 启（8首）

登滕王阁二首

2010年3月27日

近日与江西友人通话，不觉想起往日两次赣游登滕王阁之事，于是以诗记之，寄情怀思。

（一）

曾经赴闽到韶山，鹰潭复转园街前。
俯瞰碧水渔翁舵，世乱惊见桃花源。
三十载后游故地，幸逢旅友重相见。
周郎九江练水师，湖口浊清分一线。
浔阳公明题反诗，美楼史话荡心间。
千古风弥盛唐赋，滕王阁中王勃现。
八一省都起风云，军旗飘飘到今天。

（二）

赤如殷血夕阳落，望赣江水波涛阔。
文功武威留英名，千古风流烟云过。
昔时少勃挥巨笔，书载阁序世代歌。
今朝把酒祭先贤，杯撒江中醉我何。

云台山游三首

2010 年 7 月 23 日

云台山位于河南省焦作市修武县境内。我和退休的八位同事游览了三个主要景点：红石峡、潭瀑峡和茱萸峰。

（一）红石峡

曲径下峪底，路旁植茂青。

红岩绝壁峭，静听溪水声。

远古海滩处，丹崖断墙挺。

雾雨轻拂面，峡险水击鸣。

长曲神涵洞，廊道绕山行。

深谷幽潭远，天桥似霓虹。

小船池中荡，山腰建古亭。

蓝水千鱼戏，清池爽凉风。

飞瀑从天降，水坝跨两峰。

子房湖水净，水母古幸生。

惊叹红石峡，世界始闻名。

梦现桃花苑，吟诗醉朦胧。

（二）潭瀑峡

群瀑层叠谷溪湍，一层瀑布两重山。

再现峰峦映阳灿，眺望佛指山绮绚。

沟深绿掩头难见，丽景累巡游不断。

巨石落峪阻河道，泉流依然水潺潺。

蝴蝶石前留倩影，峡端环山觅湖源。

峰壁陡峭悬崖险，仰首只现一线天。

（三）茱萸峡

雾漫漫兮雨蒙蒙，大巴钻山行；

五十余弯十四洞，长短直弯弓。

黄白太行花正开，云飘遮峦影；

茱萸峰高云台美，雨后山葱茏。

唐代诗贤登此峰，绝句留英名；

雾气浓重绕山腾，身临神仙境；

曲梯环绕多造型，丽景尽目中。

药王洞前香火旺，归程病稍轻；

银纱笼罩踏归途，终圆书生梦；

渴盼久居留不返，醉酒永不醒。

杭州行三首

2010 年 8 月 7 日~14 日

这三首诗，均刊登在回龙观风雅诗社《风雅集》2010 年第一期
（总第 13 期）上。

（一）千岛湖

千岛湖名不虚传，一零七八岛屿间。

百里湖碧波万顷，群山叠翠景怡然。

游轮登岛攀绿岭，四屿丽桥浮摇连。

海瑞祠堂世人奉，书院竹林映水天。

（二）西溪湿地

西溪湿地位杭州，曲流湖汊荡轻舟。

河渚塔顶登瞰望，一派美景不胜收。

菱角深隐蒲草浅，木桥芦苇绕池浮。

高宅别院花园秀，归时遥见香樟殊。

（三）乌　　镇

南国水乡路连桥，两栅东西亭台俏。

临河阁楼叠床建，小桥流水船夫摇。

故里茅盾书中画，蓝花布帘随风飘。

石路木屋史千载，归前竹林坐逍遥。

滕　启　男，1944 年 9 月生，北京市人。1968 年毕业于清华大学水利系，曾在河北邯郸铁厂、华北水电学院任职任教。现为北京信息科技大学机电学院教授。

王立国（10首）

蝶恋花·知天命一

1996年我50岁，回想起和妻子一路走来的时光，颇有感慨。

常梦荒原青烟袅，天边飞霞，黄花遍山坳。欢乐人间机缘巧，一江春水知情早。

转世夫妻多烦恼，锅碗瓢盆，从不断口角。却追新潮老来俏，留有几册青春照。

阮郎归·知天命二

曾经随波逐澜，铁血映河山。忽儿异地赋清闲，坎坷化笑谈。

学位在，儿女全，转眼已更年。相望华发飞鬓边，亲情涌心田。

诉衷情·知天命三

巧施粉黛淡著妆，笑靥启心窗。快人快语模样，依旧俏新娘。

情脉脉，意漾漾，影成双。人生途远，同
渡风浪，共享炎凉。

钗头凤·重回清华园

1998 年 5 月

清华有个二校门，门前有条小河沟。"文革"开始后不久，造反派
红卫兵把二校门用拖拉机拉倒，竖起伟大领袖毛主席的挥手塑像。后
又搬掉了塑像，重新修建了二校门。这一年我和同窗学友曾在此重聚，
有感而发填词一首。

小溪流，二门口，遥记当年擎天手。风
雷吼，鬼神愁，英姿勃发，粪土臣侯。否，
否，否！
忆梦游，常聚首，月色荷塘婆娑柳。光
阴短，青春瘦，Ⅲ载蹉跎，霜染心头。谬，
谬，谬！

如梦令·中秋寄友人

1999 年 9 月

星稀月明云驻，佳期一年一度。天涯共
婵娟，莫道人间陌路。倾诉，倾诉，思君亲情
如故。

十六字令三首

2015 年 11 月

好友庞汉彬是北大物理系毕业生，在国内时已在物理学界小有名气。一日，他携茶具及毛尖来我家一同品茶。茶具是宜兴上品紫砂，杯上有腊梅图案。

（一）

杯，一只在手忘是非。颜如铁，紫砂盛名归。

（二）

杯，半掬清汤品三回。溢香处，几枝俏腊梅。

（三）

杯，百盏千盏助神吹。茶亦醉，片片绿叶肥。

卜算子·《聊园》八年

2002 年 8 月

我在美国俄亥俄州哥伦布市，曾创办电子期刊《聊园》，一直坚持了八年。有心人帮助出了本书，名《海外聊园》，故填此词自娱。

又见枫叶红，几番秋风乱。弹指一笑竟八年，问君可知倦？

凡夫本无聊，生活喜平淡。随心插柳柳成园，小书常作伴。

浪淘沙·阴霾重如烟

2008 年 12 月 5 日

翻看 2000 年和朋友于台湾海边的合影，忆起当年与友同欢的情景，不由我心绪万千，遂提笔填写《浪淘沙》一词以志之。

阴霾重如烟，茫海无边，嶙峋礁石暗牵连。恶浪扑岸诉积怨，处处险滩。

蹒跚度流年，冷对人言，挚友共戴一片天。终有云开雾散日，时过境迁。

王立国　男，1946 年 5 月生，籍贯河北唐山市。1963 年 9 月 ~1968 年 12 月，就读于清华大学工程物理系；1969~1973 年 12 月，在黑龙江部队农场锻炼及县城工厂务工；1974~1979 年，在北京石化总厂前进化工厂工作；1980~1985 年 2 月，在清华大学无线电系学习，并在经济管理学院研究生毕业后留校任教；1985 年 3 月至今，在美国留学和工作。政府公务员。2011 年退休。

下卷

新　诗

底图：文人的故乡（凤凰）

新诗指五四新文化运动后的新体诗歌。它采用与现代口语相近的白话，并在形式、格律上作了探索创造。类型有自由体、格律体和民歌体三种。

刘庆才（5首）

我愿做一条小河

2006年9月

退休后有闲暇，便梳理走过的路，结论是回望人生，也无风雨也无晴。下面的拙诗算是梳理后的感想吧！

我愿做一条小河，
悄悄地向远方流去。
人们不知道我从哪里来，
也不知道我流向哪里。
我不喜欢喧闹，
也不想引起人们的注意。

我愿做一条小河，
静静地向远方流去。
我只和泥土作伴，
也亲切地与小鱼嬉戏。
我不想打扰人们的美梦，
也不想留在人们的记忆。

我愿做一条小河，
清澈地向远方流去，
我厌恶拥抱肮脏，
也厌恶隐藏卑鄙。
我只想歌唱清白，
让它沁入人们的心脾。

我愿做一条小河，
快乐地向远方流去。
假如天空需要白云，
我便蒸腾一片水汽。
哪怕身边还有一棵小草，
我也要把它染绿。

我愿做一条小河，
舒缓地向远方流去。
有时会突然停下，
凝神思索已然飞逝的日期。

回眸如画的风景，
不再对滚滚红尘百般挑剔。

我愿做一条小河，
自由着，思考着，舒心畅气着，
向远方流去，流去，
永不停息……

足　　迹

2006 年 10 月

灯光下，
我在盘点，
自己的人生之旅。

雨滴落在大地上，
万物便有了生机。
人们不知道，
她原属于云朵的集体。

风吹过森林，
叶子唱响欢乐的乐曲。
人们不知道，
追寻风的功绩。

溪流快乐地奔跑着，
清澈甘冽得让人痴迷。
人们不知道，
探索源头在哪里。

一百个人从身边悄然走过，
我马上就能辨出哪一个是你。
人们不知道，
九十九个人踏地而行，
只有知音才能踩到我的心底。

哦！我警示自己，
不要奢求地位和名誉。
用智慧丈量生命的长度，
才是值得纪念的足迹。

悼　　念

2008 年 7 月

一根火柴划过去，
点燃天堂的一盏灯。
这是亡者笑纹里深藏的骄傲，
一定会化做生者高唱的一首歌！

一眼就能望到底的潭水，

总被人误解为浅薄。
当人们伸出手臂触摸水底时，
却赞叹水的清澈。
哦！潭水你告诉我，
眼睛也会欺骗自己，
证明一切的，
只有阳光下灵魂的折射。

一缕醉人的幽香，
瞬间从身边飘过。
在大自然默默地，
追思先行的学友，
情感融于湖光山色。
往昔的岁月，
已化为昨夜的星辰，
我却地老天荒，
永远执着……

我从这里走过

2017 年 11 月 1 日

北京有一条大街，
我从这里走过，
全身的血液在燃烧，
似乎蹚过火的长河。

它穿着厚厚的历史长衫，
衣袋中却很少有几首颂歌。
弹痕累累，硝烟弥漫，
电公雷母是它的常客。

北京有一条大街，
我从这里走过，
真想跪下来磕一百个响头，
因为对不起它——
从黄河部落到壮美的祖国！

它用丰沛的乳汁养育了众多的子孙，
却抵挡不住侵略者的坦克。
今天，五星红旗下的人们，
彰显着民族的自豪，赶走的是懦弱！

父　亲

写于 2017 年 11 月 3 日夜

父亲像一座大山直入云端，
他不苟言笑，也不擅长叙谈。
他把对子女的爱深藏在心底，
每时每刻都在祈祷孩子们平安。

我曾多次目睹父亲骑车的背影，

顶着狂风冒着雨雪到远处去上班。
我的父亲从未动过我一个手指，
却在邻居中为上大学的我不停地夸赞！

父亲背驼了，头发花白了，
退休后成了共产党员。
他爱喝一口小酒，
在贫困的日子里，
只就着一碟咸菜。
我工作后只花三元请他吃了一顿饭。

他离开人世时，我不在他身边，
但他的遗像却永远在我的心间。
他的生命基因构成我的身躯，
就像大山一样矗立却无言……

刘庆才　男，1945年生于北京，祖籍河北省枣强县。首师大中文系六八届一班毕业生。1969~1970年8月在部队劳动锻炼，1970年9月~1985年在丰台区中学任教导主任。中学高级教师。1986年在北京教育学院丰台分院任教研员。曾担任市高考语文阅卷负责人，并在全国多个省区讲学。论文著作有百万字之多。

兰篇

吴林书（2 首）

我们相聚在今天
——为北京师大二附中校友会成立作

1993 年 9 月

我们相聚在今天，

为的是对母校的眷恋。

我们——

何曾忘记那明亮的教室，

何曾忘记那美丽的校园，

何曾忘记那纯真的岁月，

何曾忘记尊师慈祥的容颜。

我们——

不是浪迹天涯的游子，

只是从母校出发，
跨上建设祖国的征鞍。
时光的流逝，
洗不掉我们对母校的思念。
如今，母校的一声呼唤，
更增添了我们的情意绵绵。
终于回来了，从四面八方，
欢聚在母校的身边！

五十自寿歌

1996年2月

小时候，在家里见过红字印制的"自寿诗"。谁写的，写的什么，都记不得了。岁月如流，我已年届半百。为纪念正日子，写五十自寿歌。

"人生不满百，常怀千岁忧。"
古人怀此念，实亦有因由。
我今已半百，曾为身后愁。
思之无所用，空自成白头。
生命有大限，乐生复何求。
乐又从何来，身心健为首。
世间终纷纭，不屑蝇营苟。
小事可糊涂，大事应坚守。
生活不攀比，无需费运筹。
遇事顺自然，随缘自相投。

总爱泛书海，常喜交文友。

有心弄笔墨，力微志难酬。

练体得康健，宽心可长寿。

但求随所愿，身心俱自由。

耄耋应可期，我心乐悠悠。

吴林书 男，1946年2月生于北京，祖籍江苏。首师大中文系六八届二班毕业生。1969~1970年8月在部队劳动锻炼，1970年9月分配到北师大二附中，先后任教研组长、教务处主任、校长助理等职。中学高级教师。曾在报刊上发表文章近百篇，参加20余种书籍的编写，是全国"五四"学制初中语文教材的编写及修订者之一。

齐生平（5首）

我最迷恋的地方
——怀念母校的东风楼

2012年6月2日，在母校首师大东风楼201教室举行《汾水留痕》首发式之时，得知与我们朝夕相处、共同度过了四年多大学生活的东风楼将被拆掉改建，心中不禁惆怅万千，于是，吟出了这首诗——

我多么迷恋这个地方，
这是我求学深造的地方，
每一位恩师的讲授都那么精辟，那么激昂，
真真切切的话语永远印刻在我的心上。

我多么迷恋这个地方，
这是我读书写作的地方，
每一间教室都那么静谧，那么安详，
滴滴答答的钟声一直在我心中流淌。

我多么迷恋这个地方，
这是我和学友们畅谈未来的地方，

每一缕风儿都那么亲切，那么清爽，
飘飘悠悠的云彩在天空自由自在地飞翔。

我多么迷恋这个地方，
这是我和小学妹暗中相恋的地方，
每一朵花儿都那么美丽，那么芳香，
叽叽喳喳的鸟儿在我身边不停地歌唱。

我多么迷恋这个地方，
这是我青春岁月最难忘的地方，
每一天每一年都那么温馨，那么敞亮，
我在这里沐浴着雨露，享受着阳光。

啊！母校的东风楼，
是我最迷恋的地方，
我在这里追逐梦想，
我在这里放飞希望！

胡杨礼赞

2017 年 5 月，与十几位学友同游新疆。在天山南麓的沙漠腹地，看到了大片的胡杨树。导游介绍说：这是沙漠中的英雄树，有千年不死、千年不倒、千年不朽之说。

啊！大美胡杨，
你用刚毅的臂膀，

阻挡风魔的满天席卷；
你用巍峨的身躯，
抵御沙暴的肆虐猖狂；
你用博大的胸襟，
融化严冬的寒流与冰霜。
你是大漠的勇士，沙洲的栋梁。

啊！大美胡杨，
你用蜿蜒蛇行的盘根，
聆听风沙砾石的悲呼哀号；
你用粗糙龟裂的虬枝，
迎接碛漠蛮荒的凄楚苍凉；
你用细密如针的尖叶，
陪伴干旱的大地和炽热的骄阳。
你是生命的奇迹，生存的希望。

啊！大美胡杨，
你千年不死，
始终扎根在不毛之地，昂扬挺立在沙乡；
你千年不倒，
一直企盼茫茫的荒漠改变颜色，换上新装；
你千年不朽，
渴望看到浩瀚的沙海杨柳成林，百花吐芳。
你是绿色的使者，你拥抱着人类的梦想。

新一年的沉思与畅想

2018 年 1 月 1 日

我合上了 2017 的最后一页，送走了这一年的风云变幻；
我翻开了 2018 新的一篇，迎来了又一个崭新的纪元。

回首三皇五帝的几千年，我伟大祖国创造了多少
　　如日月星辰般的华夏文明；
难忘鸦片战争的一百年，我黎民百姓遭受了多少
　　被奴役被压迫的屈辱和苦难。
我问太阳，你可记得中华民族抵御列强、
　　抗击倭寇的艰难历程吗？
我问月亮，你能数出中国人民英勇不屈、
　　前仆后继的奋斗脚步吗？
我要让高山声讨，那些年国外反华反共势力武装挑衅、
　　制造事端、毁我中华的重重恶行；
我要让大海戳穿，这些年国内权贵贪腐势力利用特权、
　　巧取豪夺、祸国殃民的丑恶嘴脸。

大江毕竟东流去，历史的巨轮谁也不能阻拦。
十九大的旗帜，引领中国航船又一次破浪向前。

新时代特色思想，指导中国人民为决胜小康，
　　实现强国梦而奋战；

两步走的目标，描绘新中国百年后的宏伟蓝图，
　　多么辉煌灿烂；
富国强军之策，磨砺全军将士成为锐不可当、
　　坚不可摧的利剑；
全面从严治党，横扫那些贪官污吏、腐败分子
　　进人类的垃圾站；
维护祖国统一，捍卫国家领土主权，是神州大地
　　发出的钢铁誓言；
坚持和平发展、实施一带一路，东方巨龙定将
　　屹立在世界强国之巅！

在新的世纪，新的一年——
我伟大的祖国，伟大的中华民族，
又将大步迈向更加璀璨的明天！

清明寄语二首

2018 年 4 月 5 日

（一）献给去世多年的父母

清明，我用白色的百合祭奠母亲，
母亲是我最亲近、最贴心的人。
即使我当兵在天寒地冻的北疆，
只要想起母亲就倍感温暖如春。

白色的百合象征着圣洁，
母亲的爱最亲最纯。
白色的百合凝聚着母亲的体温，
闻着它温暖着我的心。

清明，我用绿色的松枝祭奠父亲，
父亲是我最敬畏、最钦佩的人。
即使我在非洲工作遇到很大的困难，
只要想起父亲就倍感力量无穷。

绿色的松枝象征着力量，
父亲的爱最严最真。
绿色的松枝凝聚着父亲的期盼，
拿着它敦促我不断前行。

啊！生下我哺育我的母亲，
啊！培养我教导我的父亲。

（二）写给上坟扫墓的学友

一年的寄托牵出这个日子，
霪雨霏霏的清明，肃穆又庄严；
一年的思念完成这次祭奠，
泪水涟涟的倾诉，凝重而悠远。

陵园里的树木啊，

叶子生了又落，落了又生，

落落生生的，是连绵的生命葱茏；

墓地中的花草啊，

花朵开了又谢，谢了又开，

谢谢开开的，是传承的血脉奔涌。

在墓碑前追忆一段往事吧，

对先辈的敬畏是对历史的尊崇；

在墓碑前倾诉一些情思吧，

对血脉的认知是对生命的传承。

再添培一把黄土吧，

让追忆的往事永远深藏心底；

再擦拭一遍墓碑吧，

让倾诉的情思世代铭刻在心。

记住清明，记住人生；

感恩生命，感恩传承。

【齐生平简历见上卷第 44 页】

戎俊生（5首）

叶飘飘叶落落

（歌词）

2003 年 7 月 14 日

叶飘飘叶落落，飘落在小溪中。
清清的小溪水，落叶伴我行。
当年的秋天里，小溪映倒影。
秋风撩动你的长发，仿佛一场梦。

叶飘飘叶落落，飘落在操场中。
拾起那片片落叶，心事一重重。
当年在操场上，双双竞驰骋。
枫叶落在你的身上，好像一颗星。

叶飘飘叶落落，飘落在我心中。
润湿了我的眼，占据了我的心灵。
当年在机场上，给你来送行。
红叶映照着故乡的月，月是故乡明。

【副歌】

一叶见真情，你在我心中。

叶飘飘叶落落，飘落一场空。

越过秋，越过冬；越过雨，越过风。

待到温暖的春天里，重新播下这爱情的种。

人间有大爱

（歌词）

2005 年 9 月 15 日

天上的雨水轻轻地落下来，

撒向人间都是爱，都是爱。

滋润了大地，

浇灌了稻麦，

有了爱就有了丰收，

四季花盛开。

知心的话儿从心里说出来，

话如春风都是爱，都是爱。

打开了心扉，

温暖了胸怀，

有了爱就有了和谐，

幸福永常在。

【副歌】

人间有大爱，大爱暖心怀；
人间有大爱，大爱的天空不会有雾霾。
人间有大爱，大爱永不败；
人间有大爱，美好的家园大家建起来。

草原的夜色多么美

2015 年 8 月 5 日

淡淡的白云擦亮了星星的眼睛，
朦胧的夜色笼罩着草原的安宁。
茫茫的草原飞逐着闪闪的流火，
静静的小河在缓缓地流动。

宽敞的蒙古包暖意融融，
欢快的篝火烈焰熊熊。
热情的火焰映红了牧民的笑脸，
悠扬的马头琴传送出甜蜜的歌声。

草原的夜色多么美，
草原的夜色多么浓。
热热的马奶酒在手中传递，
嘹亮的歌声响彻茫茫的夜空。

喝醉了月，唱醉了星，
唱出了牧民幸福的心声。

草原的夜色多么美，
草原的夜色多么浓。
马奶酒捧出牧民心中的祝福，
丰收的歌声唱到首都北京。
喝醉了月，唱醉了星，
唱出了牧民新时代的梦。

青青的晨曦揭开了朦胧的黎明，
晶莹的露珠睁开了沉睡的眼睛。
牧民的响鞭奏出了草原的晨曲，
草原的夜色追逐着远去的琴声。

汾水情浓忆当年
——为《那个年代，那群大学生》出版一周年而作
2017 年 9 月 6 日

重温经典，
老泪纵横，
半世岁月已久远，
《那那》心难平。

吕梁颔首，
太行低鸣，
稻菽千亩忆当年，
一代精英。

风云际变，
岁月凝重，
三晋时空蹉跎过，
汾水情浓。

汾水留痕，
雁过留声，
伏案长夜天又明，
大作功成。

志向远大，
巨著恢宏，
汗雨泪花清清水，
笔耕生平。

艰苦岁月，
五届同行，
汗血筋骨铁筑胆，
著书留影。

转瞬一载，
辉煌一生，
刻骨铭心青春史，
万载永恒。

唱给十渡的晚霞

2018 年 4 月 10 日

谨以此诗献给晚霞般绚丽灿烂的《一生同窗》的学友。

晚空中那铺满天际，
映衬着金色夕阳，
五彩斑斓、绚丽如花的——
是大自然的晚霞。

那红焰如火，
穿透十渡"一线天"，
披落在拒马河畔的——
是十渡的晚霞。

那一路携手，
情深谊长，
编织着梦幻般青春彩画的——
是我心中的晚霞。

十渡的晚霞啊！
妳是夕阳的伴侣，
是夕阳的彩裙和头上的花。
今天妳穿着节日的盛装，
来到这清幽的地方，
莫非是要和我们一起消夏？

十渡的晚霞啊！
我欣赏妳雍容大度的面容，
赞美妳攀登如猿的步伐。
妳看那十渡——
山如刺天的剑，湖似浓酽的茶，
溪如甘醇的酒，人是沉醉的侠。

清清小溪边，
提衣探足在水中戏耍；
"九龙抱石"前，
腾起青春的欢声如白练飘洒；
"一线天"上，
倾听着夕阳与晚霞的对话。

夜的怀抱如此豪华，
熊熊的篝火正是燃烧的晚霞。
闪闪的霞光照亮多彩的生命，
任青春在霞光中升华。

红红的火光拨动着我的心弦，

歌出口，舞步踏，

唱给那无限美好的夕阳，

跳出那逝去的灿烂芳华。

十渡的晚霞，妳用彩色的生命，

把十渡的天空装点得如诗如画。

十渡的晚霞，妳是永不凋谢的花，

即使有一日香消玉殒，

妳也会在我的心中发芽。

璀璨的夕阳，烂漫的晚霞，

黄昏的天空是妳的世界，

妳的生命力依然无比强大。

一路走来一路歌，一路欢乐满天涯。

我要热情地赞美妳——十渡的晚霞：

妳是夕阳喷薄的烈火，

是夕阳绽开的花，

是人生五彩斑斓的生命，

是耄耋之人灿烂的年华。

伸开双臂拥抱这金色的时光吧！

一首夕阳的歌，唱给十渡的晚霞。

【戎俊生简历见上卷第 79 页】

竹篇

孙月焕（3首）

你是我的牵挂
——为中企华员工而作
2013 年 1 月

你和我工作在中企华，
你就是我的同仁，我的牵挂。

你尊我为长辈，
我爱你像妈妈；
你把我当良师，
我对你讲授道德文化；
你称我是"博导"，
我点亮智慧让你学识更佳!

太阳朝升暮落，
每天你都是我的牵挂。
出差的地方有多远？
御寒的衣服带没带？
承办的项目难不难？
飞机到达可正点？
交通食宿谁安排？
家人理解还是抱怨？
小金库你留没留？
未婚的男女哦，你是否在热恋？

牵挂啊，实在牵挂！
工作艰难我有同感，
客户需求不敢怠慢，
时间在转怎能拖延。
你分分秒秒在苦干，
我时时刻刻都惦念！

啊，亲爱的员工！
选择评估，走进了中企华，
你已有了红心有了家。
追逐你的幸福，
加大你的步伐，
你的人生就像驰骋千里的骏马！

啊，亲爱的员工！
是你给我力量，给我情，
让我夕阳映彩虹！
中企华每一页历史都记载着你的功绩，
中企华的美丽是你用汗水浇出的花！

我感谢你，衷心地感谢你！
不管我与你分别多久，
还是离你咫尺天涯，
你永远是我的牵挂！

幸福就是你

——献给中企华员工

2015 年 2 月

带着一颗稚嫩的心，你呱呱坠地，
母亲深情地亲吻着你，
父亲握着你的小手，看你着了迷。
你在爱的呵护下长大成人啦，
幸福就是你！

背着书包你踏进校园，
求知的欲望你从未放弃，
驾着梦想放飞，你所向披靡。
也许你只是大海中的一滴水，

你却能映出太阳的光彩熠熠。
也许你只是一支蜡烛，
你却能照亮整个屋脊。
在理想的大道上，扬鞭催马，奋斗进取，
幸福就是你！

当你停泊在家的港湾里，
看着年迈父母热聊在摇椅，
亲密爱人甜蜜的吻，让你激动不已。
宝宝双手紧紧拉住你的双臂哟，
闪闪的泪花把你双眼迷。
有一个温馨的家为你遮风挡雨，
幸福就是你！

对工作，你的热情像彩云冉冉升起；
对客户，你就是雷锋的亲兄弟；
对朋友，你像泉水一样清澈见底；
对家庭，你的责任像无边的天际。
你忠诚的灵魂像金子一样纯正无比，
你用人格的魅力奏出生命的强音。
你恪守了做人行事的道德底线，
幸福就是你！

年轻的你，走进评估师的队伍里，
把梦想融化在评估工作的点点滴滴。

平凡的岗位有着广阔天地，
改革的道路上有你的足迹。
你用智慧的汗水，发现了资产价值，
客户对你点赞道满意。
你受互联网大数据的启迪，
新常态下的经济呼唤你转向国际。
你在资产评估的工作中体味着苦与乐，
你领悟了天道酬勤的奥秘。
啊！你尝到了事业酿成果实的甘甜，
幸福就是你！

是的，人生的价值在奉献，
幸福的含义在于摆正自己。
你如果把自己比成小草，
就不与大树争高低；
你如果把自己比成一条小鱼，
就不和天空翱翔的飞禽攀比；
你如果把自己比成一只小鸟，
就不要痴情水中鱼虾遨游海底。
你明白，你就是你，
你懂得人生真谛，生命闪光的哲理，
幸福就是你！

学 会 珍 惜

——写于中企华公司年会

2016 年 2 月 1 日

一天很短，短得来不及拥抱清晨，就已握手黄昏了。

一年很短，短得来不及欣赏满园春色，就已打点秋风落叶了。

人生很短，短得来不及享受完青春年华，就已经迟暮白发了。

人生总是经历的快，领悟的晚。

因此，人要学会珍惜，生命才能放光彩。

珍惜你的家人，不在乎陪伴的时间长短，

心里装着亲情，赛过朝夕相伴。

珍惜你的朋友，不在乎交往如淡水，

有一颗真诚的心，肝胆相照，永不会改变。

珍惜你选择的事业，不在乎职位高低，

全身心地投入去奋斗，就会有金子般的光环。

珍惜生活吧，年轻人！时间不饶人，但人可以驾驭时间。

人老不可逆，但心灵和意念的青春可以永在。

学会珍惜吧，你会每时每日都生活在快乐的港湾。

命运有时会给你带来尴尬和为难，请不要泄气和添烦，

阴云和雾霾总会过去，阳光和蓝天一定会呈现。

学会珍惜生活，一生无悔无怨！

写上述散文，愿与全体员工共勉！

　　孙月焕　女，1945 年 5 月生于哈尔滨，祖籍山东。首师大中文系六八届三班毕业生。1969 年在部队劳动锻炼，1970 年入伍，在山西省军区政治部工作。1978 年转业，在北京东城区委组织部和国家审计署任职。1992 年在中国诚信证券评级公司、中华企业咨询公司任副总裁。1996 年创办中企华资产评估有限公司，担任董事长兼 CEO。任职 20 年，带领公司为中国大中型企业进入境内外资本市场服务，成为在国内外有影响力的中国资产评估行业的第一品牌。被全国妇联、中央电视台评选为"中国经济女性十大人物"、"中国杰出女企业家"、"杰出创业女性"等；被中国资产评估行业评选为"十大女评估师"、"资深评估师"、"行业领军人物"等；被《香港商报》评为 21 世纪封面人物。曾担任中国财政部资产评估准则委员会委员、中国资产评估协会常务理事；曾当选两届北京东城区人大代表、财经委员会委员。现为中企华资产评估有限公司名誉董事长、中企华咨询公司董事长、星空电讯科技股份有限公司董事长，中国女企业家协会特邀副会长。

南 柠（5 首）

山村的早晨

1974 年 6 月，写于北京顺义焦庄户金鸡湖畔。

黎明的风，吹散朦胧的夜色；
报晓的钟声，送来战斗的欢乐。
踏寒雪，我来到金鸡湖畔；
披霞光，阅尽山村秋色。

天如锦，落入满湖秋水；
鱼似梭，织出金花万朵。
棉桃吐玉，宛如白雪散满田畴；
黍粱喷丹，恰似彩霞天边飞落。
青峰立柱，撑开天宇推云浪；
白杨挺笔，绘下鸿雁穿云过。
欢言笑语，社员沿陌上工来；
银镰挥动，碧海漾洄丰收歌。

啊，山村的早晨，

271

你红旗飘飘，马达隆隆，镰波飞舞，锄光闪烁。

啊，英雄的山村，

你谷香千里，声传四海，笑溢田间，歌满山河。

你像斑斓的彩线，织出崭新的生活；

你是宏伟的画卷，铺满我可爱的祖国。

因此我呀，

在火红的晨曦里，将永远把你歌唱；

在灿烂的金鸡湖畔，献尽我的血和热。

脚　印

2001 年 9 月，写于北师大高碑店附中。

我是一名人民教师，

终生与教育难解难分。

自从当年走进北师院的校门，

身后就留下这样的脚印。

道路是这样坎坷，

工作是这样艰辛，

担子是何等沉重，

生活又多么清贫。

而我们不乏赤子之爱，

向祖国献上一颗金子的心。

多少个明月当头的夜晚，

多少个启明高挂的凌晨，
我们在知识的花海中漫游，
我们在智慧的田野上耕耘。
采撷几枝芳馨的花朵，
珍藏在心扉深处；
手捧一抔油亮的沃土，
贮存在记忆的仓廪。
它已酿成甜蜜的甘霖，
把株株新苗滋润；
它已结成丰盈的果实，
缀满祖国奇异的园林。

双鬓花白，
沾染着岁月的风尘；
皱纹深深，
铭刻着育苗的苦辛。
蜡炬成灰，
怎奈终生无悔；
英年之际，
却早已病魔缠身。
啊，辛勤的耕耘者，
辛勤的播种人，
口吐珠玑，
汇成奇妙的乐曲；
手挥银笔，

写下多彩的诗文。
更新的柴火，
放进思索的炉膛；
信息的清流，
涌向探索的闸门。
粉笔一寸，
化作闪亮的钢枪；
讲台三尺，
掀起战地风云。
向愚昧和野蛮开火，
让文明和智慧光照人心。

我们没有建立惊天动地的伟业，
我们没有留下名垂千古的功勋。
我们的双脚却拓开世纪的里程，
我们的双肩也担起时代的重任。
因为我们深深知道啊，
振兴中华在于教育，
振兴教育在于我们。

我是一名人民教师，
终生与教育难解难分，
今后的道路还很长很长，
身后留下的依然是这样的脚印。

长相念，中二（三）

写于 2015 年 6 月 2 日，全班同学聚会之后——为永远的首师大中文系六四级三班，简称中二（三）而作。

长相念，中二（三），
六四相识在花园，
同窗两载笑声连。
谁知六六风云卷，
平川万里起波澜。
六八同上吕梁山，
铸志磨心汾水边。
七零分手各一方，
燃烛播种天地间。

长相念，中二（三），
骨干串联黄、项、宣。
更有月焕孙大圣，
慷慨解囊助群欢。
鸿篇三部已问世，
喜补我辈军训篇。
音乐之声奋逸响，
昆明碧水荡画船。
拒马河畔翩跹夜，
篝火熊熊映婵娟。

春花秋梅谷生兰，
微信频发情满圈。

长相念，中二（三），
几多学友相见难。
逝者长逝摧心肝，
生者更应续前缘。
高飞秀凤今安在，
淑女静思犹掩面。
守珍护宝葛生蔓，
雪来飞落梨花干。
半纪未逢人已老，
何时才能见君颜？
上有无穷之长天，
下有不尽之山川。
山高水远谊为先，
翌日我们再相见。
长相念，中二（三）。

银 杏 叶 赞

2015 年 11 月

一枚小小的银杏叶，给了我这样的启示——

你从远古的尽头走来，
孑遗是你的风采；

你从历史的深处走来，

圣树是你的豪迈。

昨天的记忆，是你叶签的纹脉；

今天的记忆，是你叶蝶的欢快。

秋风袭来，你在林梢舞摆。

万里晴空，是你的妆台。

白雪皑皑，你轻轻地飘落。

一方土地，是你的情怀。

你扇形的叶片，精巧天裁；

你纤细的身躯，汇成金海。

不管阳光雨露，不管雾霭阴霾；

你总是平滑鲜新，秀颜常开。

不管舒展枝头，不管辗入尘埃；

你从不唏嘘，更无感慨。

你用鲜活的乳汁，畅清血脉；

你用神奇的功效，滋润未来。

你为春光增色，你为夏光添彩；

你为秋光布美，你为冬光凝爱。

今天，你悄然逝去；明天，你绿枝如盖。

昨天，你秀芳四季；今天，你香馨万代。

你从远古的尽头走来，

孑遗是你的风采；

你从历史的深处走来，

圣树是你的豪迈……

友 谊 之 歌

2016 年 9 月 5 日

人生离不开友谊，就像鱼儿离不开水，瓜儿离不开秧。我要高声
赞美友谊。

友谊在柳荫萌绿的初春，
友谊在柿叶翻飞的深秋。
友谊在响水飞流的七孔，
友谊在鲜花绽放的港口。

友谊是云峰山顶的艰苦登临，
友谊是黄果瀑下的欢快奔走。
友谊是昆明车站的灿烂灯火，
友谊是郁金香园的美丽邂逅。
友谊是知春亭边的比肩漫步，
友谊是昆明湖上的乘舫轻流。
友谊是莲湖晨光的芙蓉似绣，
友谊是滇池夜色的明月如钩……
啊，难忘的畅游，多彩的回眸，
山水悠悠，友谊悠悠。

友谊是相逢时眼角的泪光，
友谊是离别处挥动的双手，
友谊是电波中亲切的叮嘱，

友谊是病榻前殷勤的守候。

友谊是相册里少女的明眸，

友谊是银屏内老翁的白首。

友谊是"大悦"清唱的飘香浓茶，

友谊是"集美"欢聚的甘醇老酒。

友谊是"晚霞"小屋的芝兰香嗅，

友谊是春波菁草的空灵清透。

啊，难忘的情怀，幸福的回眸，

天地长久，友谊长久。

友谊在柳荫萌绿的初春，

友谊在柿叶翻飞的深秋。

友谊在响水飞流的七孔，

友谊在鲜花绽放的港口。

【南柠简历见上卷第 103 页】

黄建霖（6首）

水滴石穿的道理

2010 年 7 月 14 日

在命运的打击下，即使头破血流，也绝不低头。不屈不挠的毅力
和绝顶坚强的神经是我的助手。

——卡尔·马克思

直面流言和蜚语
冷对挫折与失利
自己每天的坚持
不是为了去感动他人
更不是为了证明给谁看
那是因为我懂得
一路前行
总比原地踏步要强
再遥远的路程
走着走着也就到头了
再险峻的高山

爬着爬着也就登顶了
再棘手的事业
拼着拼着也就成功了
再深奥的道理
悟着悟着也就释然了
每一次简单的重复
都是在积蓄力量
不是相加
而是乘方
大自然中的水滴石穿
只是矛盾的表象
而哲学意义上的选择
却是
持之以恒
锲而不舍
自信倔强

人生的路

2015 年 6 月 12 日

人生的路
说远不远说长不长
别慌里慌张忙着走完
要懂得欣赏
要学会观望

不要低头猛走

更不要因为一时的迷茫

而错失了前进的方向

只要你静下心

认认真真去察看

就会发现沿途风景的精彩

每段都不一样

用闲适的心

走走停停

会把困苦当甘果尝

用儒雅的情

走走看看

会有惊喜与你分享

怀豁达的胸襟

边走边忘

余下的都是好时光

擎惬意的彩旗

让其随旭日飘扬

天天都会有新的希望

人生的路

最忌讳追逐夕阳

霞光再美

毕竟到了晚上

不如停下脚步

寻个地方

沏茶斟酒

对饮月亮

再好好休息一番
为明天的出行积蓄力量

等你

2016 年 8 月 7 日

夫人诞辰，年届古稀。往昔时光，一一再现。

铃声响了，我在校门等你。
周末到了，我在车站等你。
夏天热了，我在泳池等你。
湖水冻了，我在冰场等你。
细雨落了，我在伞中等你。
飞雪来了，我在檐下等你……
孩子出生了，我在楼道等你。
手术成功了，我在病房等你……
人生一世，如草木一秋。
花前月下，已渐行渐远……
生命累了，我要去天堂等你。
企盼轮回，我会在来生等你……

感恩父母

2017 年 4 月 1 日

我的生父享年 102 岁，慈母享年 90 岁，二老都很高寿，但是我这个儿子仍然没有当够。今天是老爸第一个冥寿，联想父母亲在生前为我所做的一切，无限感慨。现特将心中简化了的千言万语付诸笔端。

站起来
父母亲是世界上最坚韧的山

弓着腰
父母亲是世界上最牢固的桥
躺下去
父母亲是世界上最平直的路

父母亲是我生命中的太阳
你们用温润的光泽
为我照亮了前行的方向
并时时用自己并不伟岸的身躯
护送我步入安全的港湾

受挫时
赋予我面对困难的勇气
和乐观向上的力量
畅达时
叮嘱我要小心谨慎
切莫得意轻狂

永远感恩我的父母亲
你们为我付出了这么多
我无时无刻地在怀念
离我远去的双亲
尽管你们去的是天堂……

学 会 做 人

2017 年 12 月 30 日

做人

不一定是风风光光

但一定要堂堂正正

处事

不一定是尽善尽美

但一定要问心无愧

人做得再优秀

依然会有人指东道西

事办得再漂亮

仍旧会有人百般挑剔

以真诚的心

善待身边的每一个人

用感恩的心

答谢已经拥有的一切

未来

不会是穷人的天下

也不会是富人的天下

更不会是势利小人的天下

未来

只会是一群

志同道合

敢为人先

正直正念

正能量人的天下

坚持自我

不被世俗左右

拥有自信

敢于蔑视一切

摆脱各种陈规陋习的束缚

挑战道德与信仰的危机

学会做人

与智者为伍

和善良者同行

老同学的梦之旅

2018 年 6 月 5 日

我们老同学之旅始于首都北京，第一站是位于大西北的敦煌和嘉峪关，继而是宝岛台湾、新疆北部、重庆、三峡、广西、西双版纳、昆明，我们还出了国门，去了越南、老挝……每次都是十余人，最多一次有二十人。

是谁让我始终保持了坚定的目光

是谁让我毫不犹豫地和大家一起

用余生去将地球丈量

绘满壁画的莫高窟
扼守西部的嘉峪关

风光旖旎的阿里山
神秘莫测的日月潭

布尔津五彩滩的雅丹
阿尔泰喀纳斯的湖光

武隆的天生三桥得天独厚
重庆的洪崖洞也非同凡响

我们惊叹长江三峡的幻境
感受着三国史上隐约作响的刀枪

我们慨叹西双版纳的热带雨林
抚慰着傣家村落那些背负着孽债的
知青后代的心灵创伤

老挝贫穷的边寨让我们惊诧不已
越南的下龙湾却使我们神怡心旷

我们一路同行
全缘于半个世纪的情深意长
我们一路相伴

有大把的时间吐露衷肠

尽管岁月的年轮已镌刻在我们的额上

友谊的花朵却始终在每个人的心田开放

踏着坚实的脚步

背着沉重的行囊

这一个个驴友全是我的同窗

女同学飘逸的长发

男同学宽阔的臂膀

依稀还是 50 年前的模样

我隐隐约约地望见

那艘曾经载着我们

航行在长江上的游轮

正停靠在江汉关

这是我们的下次开船港

她要载着大家继续向东

直奔太阳升起的地方

为了全程演绎从传说到未来的梦想……

【黄建霖简历见上卷第 134 页】

张小薇（2 首）

回家的感觉真好

2016 年底，我校领导借团拜会之机，邀请退休老师回学校看望。顿时，"回家"的感觉油然而生，故吟出此诗。

回家的感觉真好，

家里有与时俱进、爱岗敬业的教师，

家里有年富力强、治校有方的领导：

他们年青，活力四射；

他们创新，不拘一格；

他们实干，成绩斐然。

但在他们心中，还牵挂着我们这些"元老"。

家里还有我们人生最美好的年华，

家里更有我们为教育事业奋斗几十年的辛劳。

时间都去哪儿了？我们一年年变老，
如今容颜憔悴，白发飘飘，
但那颗年轻的心支撑着我们精神不倒：
我们谈天说地，关注国家，关注学校；
我们到处旅游，览祖国山河，拍美影靓照。

我们休闲，领导操劳，
退休人不给学校添烦恼，
只要领导记挂着就好。
祝愿我们辛勤耕耘过的土地，
更加肥沃，桃花李花更加妖娆；
祝愿学校的明天更加美好，
作为退休老师，感到无比骄傲和自豪！

四月随想

2018 年 4 月 6 日

四月，美在花红柳绿的新春，
美在莺啼燕舞的欢唱，
美在万物复苏的勃勃生机，
也美在像青藤一样缠绵的忧伤。

四月，美在祭祖祀亲的哀思，
美在对已逝同窗学友的怀念，
美在缅怀昔日的满满回忆，

还美在追思往事的缕缕愁肠。

永远不会忘记天堂里的亲朋故友，
奉上一束鲜花，点上两支香烛，
给老墓新坟添培一把黄土吧！
这既是爱心的表达，也是情感的倾诉。

生命就像一根柳条，随便插进土里，
就能长成一棵大树，
这是祖先血脉的传承，
更是人类世代繁衍的永恒与不朽。

四月，春天中的春天，
就这样又一次悄无声息地滑过，
滑过美艳，滑过寂寞，滑过悲伤，
滑过生生不息的希望和梦想。

人间四月芳菲尽，山寺桃花始盛开。
既然花落有期，就要企盼来年。
啊！希望和梦想永远同在的四月，
啊！五味杂陈的人间四月天。

【张小薇简历见上卷第 146 页】

苏绍新（2首）

书香堂之歌

2017 年 12 月

我没有书房，
卧室就是我的书房，
我给它取名"书香堂"。
除了床铺和桌子，
各种各样的书籍，
把它挤得满满当当。

在狭小的"书香堂"，
我穿越中国上下五千年，
阅遍世界五大洲四大洋。
为了探寻知识的宝藏，
我翱翔在书籍的海洋，
汲取着丰富多彩的精神食粮。

在狭小的"书香堂"，

我咏诵过天才诗人的千古佳句，
阅读过文学巨匠的绝世篇章。
他们都是我尊崇的偶像，
给了我许多人生的启示，
增添我不断奋斗的力量。

在狭小的"书香堂"，
我踏着大师们的足迹，
写下了一些散文和诗章：
《秋日观荷》、《重阳抒怀》、
《又一片天地又一个家》，
还谱过词曲——《贺屠呦呦获诺贝尔大奖》。

书香堂，书香堂，
书香四溢，四季飘香。
它促使我身心升华，
激励我奋发图强；
它是我前进的指路明灯，
是让我心中永远温暖的太阳。

又一片天地，又一个家
——赞老年大学

2018年5月，根据我发表在回忆录《半个世纪的征程·燕山放歌》中的同名文章改写而成。

学生的身影似乎仍在眼前浮现，

上课的钟声仿佛还在耳边回响。
然而，这一切都发生了变化——
我不再研究教材教法而走进课堂，
不再找学生谈心或进行家访……

退休之后，生活的价值在哪里？
晚年的日子又该如何度过？
蓦然回首，老年大学向我敞开了大门，
我发现这里有缤纷的色彩，
这里是又一片天地，又一个家。

老年大学是我人生的又一个课堂，
老有所学是我的又一个愿望：
电脑桌前求师解惑，
英语班里书声琅琅，
行楷隶篆奋笔疾书，
山水花鸟，泼墨泛香。
编制组编出了火红的中国结，
布艺组贴出的花卉真漂亮。
这边看，手工艺制作挂满了展厅；
那边瞧，书法绘画作品得了大奖。

我心情愉快，才干增长，
再次当学生的感觉真棒。
集体活动更是丰富多彩，

心儿就在这里展翅飞翔：

合唱团引吭高歌，

舞蹈队舞步飞扬，

柔力球随着晨曲跳跃，

功夫扇迎着晚霞飘荡，

棋牌室里激情鏖战，

球案前面乒乓球响。

春日，我们在植物园游览踏青；

秋天，我们在蟒山公园登高远望。

中秋佳节，我们赏月吟诗举办歌会；

元旦之夜，我们辞旧迎新欢聚一堂。

微信网络，更是时刻关注着大家的安康。

夕阳是那陈年的酒，晚开的花，

退休让我走进了新的天地，新的家。

在这片天地中，我找到了“第二春”的美好，

在这个家中我享受了新的生活，施展了新的才华。

这个天地，这个家，让我倍感温馨，从容又潇洒。

【苏绍新简历见上卷第 152 页】

孔祥民　陈小玲（3首）

我们相识五十年

2014年9月

这一天百余名学友聚会，纪念我们进入大学校门五十周年。席间，大家推杯换盏，觥筹交错，抚今追昔，感慨万千。归家后心情一直难以平静，遂吟成一首长诗。

久违了，五十年前的老同学，
相聚了，年近古稀的伙伴。
今天，我们带着美好的祝愿，
参加入学五十周年的庆典。

五十年前我们一同走进校园，
从此相识结为同窗伙伴。

那时的我们青春年少，浮想联翩；

那时的我们精力充沛，活泼浪漫。

我们一起在课堂上学习，

我们一起到工厂里实践。

校长说，我们的将来，

都是北京市工矿企业的管理才干。

我们决心学好专业，

为了将来能挑起重担。

我们学电脑，练珠算；

学统计，学企管。

老师讲课，深入浅出，有板有眼：

一个企业怎样才能正常运转？

如何安排生产，怎样组织会计核算？

我们听得津津有味，兴趣盎然。

下课了，我们嬉笑打闹，散步闲谈。

喷水池边有我们的欢声笑语，

游泳池里我们弄得水花飞溅，

西操场上有我们矫健的身影，

篮球架下有我们漂亮的投篮。

晚自习连着甜美的梦，

次日的早读又和晨钟相伴。

多么快乐的校园生活，多么令人留恋的怀念！

不料"文革"风起，把我们的思想搞乱。

批邓拓，斗吴晗，

声讨资产阶级学术权威，

铲除修正主义教育路线。

学校停课，工厂停产。

昔日同窗，分为两派，

观点不同，展开论战。

毕业时，我们头脑空空，思想茫然……

这时，最高指示一声令下，

让我们到工农兵中接受"再教育"，

于是，一列火车把我们拉到晋南，

从此，412部队多了个不穿军装的学生连；

从此，我们开始了难熬的思想改造和劳动锻炼。

吃忆苦饭，让我们不要忘记从前，

斗私批修，让我们狠挖"私"字一闪念，

学习毛选，让我们努力改造世界观。

育苗、插秧、锄草、浇灌，

汾河边有我们耕种的稻田。

早春三月，我们苦战春寒：

为挖渠，我们清晨下地，

光着双脚，扎进冰冷的泥里边，

哪怕冻得麻木，依旧要咬紧牙关。

插秧、锄草，我们汗流满面背朝天，

还要经受被马鳖咬腿吸血的"考验"。

辛勤的汗水，把稻田浇灌，
稻子熟了，我们无比欣欢。
金色的稻海，向我们张开笑脸，
我们挥镰收割，脱粒晾晒，
收获是对我们艰苦劳动的检验。
哪怕再苦再累，此时也会觉得甘甜。
就这样，我们用泪水和汗水送走了一年又一年，
终于迎来了返京分配的那一天。

两年的部队生活，转眼一瞬间，
回想我们在一起的风风雨雨，日日夜夜，
早已化为丰厚的积淀。
离别时刻，不禁使我们泪水潸然：
再见了，太行吕梁，再见了，汾水河畔；
再见了，那一段令人难忘的岁月；
再见了，朝夕相处的战友和伙伴。
时间飞逝，这一别竟是几十年。

今天我们在这里团聚，
千言万语也道不尽对彼此的思念。
请把酒杯举起，把酒斟满，
来，大家举杯，我们一起干！

心灵的倾诉

2015 年春节前，写于深圳，倾诉我对这座城市的爱。

随着电梯的爬升，
我登上了住宅的楼顶，
脚下灯光璀璨，
让我饱览深圳的夜景。
北方还在风雪交加，
这里已是春意浓浓。
海风阵阵飘来，
吹拂着我的身躯和心灵。
难以表达的情怀，
让我百感而生。
多么想高歌一曲，
多么想放声抒情！

人的一生不算漫长，
依旧值得我们提笔书章。
想想十年寒窗，
想想部队农场，
想想坎坷经历，
想想铁血柔肠。
我们无可非议，
我们无愧沧桑。
七十年的人生之路，

更加坚定了我心中的理想：
踏踏实实，坦坦荡荡，
昂首挺胸，阔步夕阳！

思念与感怀

深圳的天蓝，
蓝得让你总想抬头看天；
深圳的云白，
白得让你恨不得马上去采。
深圳的情开，
开得让你诚心敬戴；
深圳的衷爱，
爱得让你终身不愿离开。
这就是我——
思念深圳的情，
感怀深圳的爱！

孔祥民　男，1947年生，山东曲阜人。1964年考入北京工商管理专科学校（现为首都经贸大学工商管理学院），1968年毕业后到部队劳动锻炼，1970年起先后在北京冶金局、首钢、北京市一轻局工作，历任科长、副厂长、副经理。后调入日本贸易公司北京办事处，任所长助理。高级经济师。创作的散文和诗歌，曾在《北京工人杂志》发表并被报道。

陈小玲　女，1946年生，北京市人。1964年考入北京工商管理专科学校（现为首都经贸大学工商管理学院），1968年毕业后到部队劳动锻炼，1970年至2001年，先后在北京灯泡厂、北京市环境保护局和北京工业大学工作，直至退休。高级经济师。一些诗词作品曾在校刊和纪念文集《追忆似水年华》上发表。

邢长师（9首）

绿色军营之歌

2008年8月

我1970年入伍，住进了大同城西的六十九军军营大院，并在那里度过了十三个春秋。多年后，我再次来到那座军营时，心中感慨万千，于是吟出了这支歌。

序　　曲

我曾不断地问自己，
我来自何方？
我是一个农民的儿子，
来自农村那朴厚的乡土。
我以前的身份是学生，
来自北京大学神圣的学堂。
后来我穿上了绿色的军装，
拿起了保卫祖国的一支枪，
从此我成了一名职业军人，
住进了那绿色的营房。

我的军营在哪里？

它在内长城之外，

外长城之内，

大同之边，烽火台旁。

游牧者曾在那里放马，

农耕者曾在那里种粮。

那里有内蒙草原的狂野，

那里有黄土高坡的苍凉，

那里有文化古城的肃穆，

那里有边关烽烟的飙狂。

（一）

军营是一个普通的大院，

一片沙地，四面矮墙，

十几条道路，几十座楼房。

里面有生活，也有故事，

有现实，也有梦想。

在那座营盘里，

我经历了十三个春风秋月，

我度过了十三个夏短冬长，

我用最有活力的岁月年华，

铸造了一段最宝贵的青春时光。

身边的马武山有多高，

眼前的十里河有多长，

东行几里进闹市，

西去几里到云冈。

训练场上留下了多少胜负，

勘察地形登上过多少山梁，

深山里挖了多少条堑壕坑道，

千里边关构筑了多少道铁壁铜墙。

谋划战事绘制了多少作战地图，

是否还在保密室存档。

（二）

我们的军营：

一头连着北京，

一头连着边疆；

一头守望着难得的和平，

一头扎根在生死的战场。

军营好威风——

金戈铁马雄赳赳，

气势如虹震边防；

军营好如意——

知心战友亲兄弟，

七尺男儿坦荡荡；

军营好紧张——

一心报国令如山，

九九归一为打仗；

军营好清苦——

飞沙走石漫天雪，

二米粗饭白菜汤；
军营好火热——
向上是朝气勃发，
向前是胜利和希望。

（三）

我们的军营：
一头顶着严寒，
一头迎着太阳；
一头洋溢着天涯的温情，
一头抵御着眼前的荒凉。
战区绵延上千里，
北起内蒙，南到太行，
多是蛮荒不毛之地，
少有物华天宝之乡。
军营天寒多风沙，
大院地旱少绿装，
主楼右边的那座小桥，
桥下竟然没有一滴水；
礼堂后面那座塔形的烟囱，
将黑烟吐向云天，
将煤灰撒满操场。
心情不好的时候，
对着我们的军营，
真想狠狠地骂它一句：
这是什么鬼地方！

（四）

可是，更多的时候，

我们和军营朝夕相处，情意深长。

记得吗，当年在军营，

出现了许多业余工匠：

自做的书架多实用，

自制的台灯多明亮，

自穿的门帘分外美，

自卷的纸烟分外香。

把炮弹壳锯短做笔筒，

用尼龙丝给水杯编织彩装。

精湛的技术与工艺，

展示的是生命不屈的张力，

是对美好生活顽强的渴望。

在那严酷而又不安的年代，

战友们脚步紧跟着脚步，

肩膀并排着肩膀。

作战值班室桌对着桌，

野战帐篷里床挨着床。

这就是，生活旋律的交响曲；

这就是，青春之歌的大合唱！

（五）

诚然，军营内还有一份优越，
最大的优越是什么？
是红色的军旗给我们信任，
是绿色的军装给我们荣光。
从不堪的灰头土脸，
到骄人的一身戎装，
它给困惑一丝安定，
它给清贫一种滋养。
即使那些小小的"福利"，
也让我们在严寒中感到温暖，
在艰难中得到一些补偿。
去军人服务社，
可买到市面上没有的中华牙膏；
弄张内部的"特供券"，
可骑上"飞鸽"、"凤凰"；
电影队定期发送电影票，
经典的黑白片放了还放。
这些福利不论是好还是不好，
它伴我们度过了那段寂寞，
它让我们终生都不会遗忘。

（六）

军人并不是总待在军营，
只要祖国需要，
我们会饮马冰河，
一声号令赴疆场。
千里野营四次穿越古长城，
长途拉练六番踏进雷公山，
那是和实战一个样。
冬季练兵，
我们在御河古道里摸爬滚打；
阵地驻训，
我们在脑包山里身不离枪；
"九一三"事件，
率领全副武装的战士，
钻进幽深的指挥坑道；
南线开战时，
奉命北上在无人区"设防"。
当兵都是特殊的人，
和平时自会享受那份宝贵的和平；
战争来了，
个个都有血拼的胆量。

（七）

我生活在军营的怀抱里：

军营接纳了我的青春，

军营放飞了我的理想，

军营铸造了我的性格，

军营给了我无穷的力量。

像寒天的大雪在飞舞，

像春天的百灵在歌唱。

我的心如无垠的草原，

东西南北皆广阔；

我的生命如北疆的"干枝梅"，

春夏秋冬一年四季都绽放。

军营可以作证：

我用最有力的手握住过战旗，

我把最深的脚印留在了北疆，

我将最多的汗水浇灌了荒原。

我那文弱的生命脉动，

也曾搏击在沙场；

我那纤纤的书生身躯，

也站在了钢铁般的方阵里，

站在了祖国北疆前哨的阵地上。

（八）

军营，见证了我的脚步，

军营，见证了我的成长。

我要深深地感恩军营，

它是我永远的家园，

是我的第二故乡。

我有许多话要对它讲：

在它的怀抱里，

我成为一名战士，

成为一座山，一堵墙。

常年驻守在军营，

需要一种毅力，

那是男儿的坚强；

临战前我走进军营，

需要一种胆魄，

那是无私无畏的担当；

心里真正爱上军营，

需要一种忠诚，

那是军人永恒的守望。

因为军人的生命不属于自己，

而是属于祖国，属于战场。

尾 声

铁打的营房，流水的兵，
最终我离开了那座营房，
从此与它天各一方。
别离之后才有真正的思念，
远行之人才知那里是故乡。
你走出军营有多远，
思念军营的路就有多长。
几回回梦里回军营，
每回回醒来空荡荡。
离开军营没有多少遗憾：
我把肩上的重担留在了军营，
是给军营留下一份光荣；
我把过去的日子留在了军营，
是给军营留下一片风光；
我将青春留在了军营，
军营的岁月永远不老；
我将忠诚留在了军营，
军营的历史才灿烂辉煌。
军营那片热土，
永远是我魂牵梦想的地方！

古树心语组诗六首

2001 年 3 月 ~ 2012 年 6 月

北京有许多古树，或在公园，或在寺庙，或在乡野。它们老而弥坚，仪态万方，不仅是一片绿荫，一处风景，一部传奇，更是千年古都历史和文化的见证。这些年，我怀着诚笃和敬畏的心情，四处探访这些古树，并拍摄了很多照片，写下了不少诗篇，还参加过几次展览。这次，首师大《老同学诗抄》编辑部向我征稿，特从中选出六首，献给老五届的学友们。

（一）龙的家园·天坛九龙柏

这里是天坛，
装着宇宙大千。
这里是龙的家乡，
古柏九龙相攀。
九龙一齐向上腾跃，
既没入海，也没升天。
只带着欢乐与祝福，
地久天长在人间。
有了这样的树，
才有这样的天；
为了这样的天，
才建造这样的坛。
这是龙的舞蹈，
这是龙的吟叹。

313

地是龙的地，

天是龙的天，

中华龙精神，

万代千秋传。

基辛格博士来到这里，

对柏发出这样的赞叹：

美国再有钱，

也造不出这样的园。

（二）松的坚贞·戒台龙凤松

龙松是龙骨龙魂多伟岸，

凤松是凤骚凤韵多柔情。

在晨钟暮鼓——暮鼓晨钟里，

并肩牵手不离不弃，

相濡以沫守护一生。

爱是无言的，

此时无声胜有声；

爱是沉稳的，

敢于直面众生的眼睛；

爱是一种磨难，

身上的伤痕就是见证；

爱是一种痛苦，

松脂滴滴泪晶莹；

爱是无畏的，

佛旁相恋才如此从容；

爱是纯真的，

阳光之下也难找到阴影。

在龙凤松下，我想笑，

因为这爱太大胆，太袒露；

可我又笑不出，

因为这爱不是怪异，

而是凝重。

（三）千年一怒·孔庙触奸柏

大成殿里，

万世师表；

大成殿外，

毕至群贤。

不论是碑林还是草木，

全是堂堂正正，

大气凛然。

在这圣贤之地，

岂容藏污纳奸？

可不知趣的严嵩魏忠贤之流，

竟然无耻地窜到这里表演。

古柏明察秋毫，

明辨忠奸，

它伸枝摘过佞贼的纱帽，

出拳击打过佞贼的老脸。

古柏这一拳，

是非分明有正气，
勇于挺身英雄胆。
文坛惩恶与腐斗，
世代相传成美谈。
古柏浩气万年在，
忠心守卫着这煌煌的大成殿。

（四）难言之法·香山听法松

我俩叫听法松，
在香山寺里把法听。
几百年了，
若问我们什么是法，
真是似懂又未懂。
法是水流向山下，
法是树叶由绿变红。
法是一条路——
不管是土路、石阶，
还是钢铁的索道，
都可以通达香炉的顶峰。
法是无情的——
差一点过一点均行不通，
不然天会有灾，
人会变疯。
法又是温情的——
如细雨，如和风，

指引你走幽幽的小径，

护卫你平安顺通。

香山寺又要重建了，

佛又会回来，

人更会涌动，

我们仍在这里，

继续来把法听。

（五）景山古槐的荣辱

生在皇家花园，

长在"万岁山"边，

本是一棵寻常的槐树，

命运却这般不堪。

只因为——

一个走投无路的皇帝，

惊慌中挂在它的枝头，

堂堂的大明王朝从此了断！

这个朝廷是好是坏？

这个天子是圣明还是昏暗？

这里的风水是吉还是凶？

这块土地是风光还是灾难？

它究竟是有功还是有罪？

这件事是偶然还是必然？

几百年来，

如织的人流来到树下，

或窃窃私语，

或指指点点，

或深思不解，

或妄语轻言，

好像什么历史、江山等等，

都要由一棵树承担。

因此压得它背驼腰又痛，

咒得它脖子弯又酸。

树洞张开了口，

但什么也说不出。

树身颤悠悠，气喘喘：

唉！

自从甲申年摊上了这档子事，

没完没了的日子呀，

实在太累、太烦！

（六）曹雪芹门前古槐的梦境

槐树下有宝哥哥的笑声，

也有林妹妹的哭泣；

有刘姥姥的戏闹，

还有王熙凤的霸气。

曹雪芹的红楼之梦就在这里。

有人说曹先生的梦在香山，

也有人说他的梦在外地。

查遍了多少资料，

翻阅了多少档案，

仍是一个争论无果的谜。

门右边的槐树空了，

似一棵变成了两棵，

又似两棵合在一起，

上看下看，看花了眼，

像梦一样离奇。

门左边的槐树歪了，

是要倒下，还是要站起？

它好像很轻松，

又好像挺用力，

思前想后，如梦如戏。

乡愁是什么

2015 年 2 月

儿时，在妈妈的怀抱里，

母体是乡愁的摇篮。

到处疯跑，饿了，累了，

都要回到那个小院，

小院是乡愁的温床。

去外村读小学，

每天沿着乡间的小路回家，

在小路上撒播乡愁的种子。

初中时住校，

周末回家的脚步是那么急切，

一步一步，让乡愁成长。

到县城读书了，

三十里地赶回去，

那焦渴的心使乡愁变得丰满。

后来，跋涉远行，

到了京城，去了边疆，

千万里的思念和牵挂，

才是正宗的乡愁。

人老了，常会怀念儿时，

儿时的一切是那么美好，

因为那是乡愁的"珍品"。

可是，细细想来，

人生是一条流动的长河，

空间的原点还在，

但它时刻都在变化，

时间的原点当时即失，

也根本无法追回。

几十年过去，

曾经的乡亲没了，

曾经的乡音改了，

曾经的那片乡土其实已经不存在了。

当你丢失故乡的时候，

故乡也同时丢失了你。

这么说来，

乡愁成了一种丢又丢不掉，

寻又寻不回的感觉。

乡愁静悄悄，

乡愁思漫漫，

乡愁痴呆呆，

乡愁意绵绵。

乡愁是对丢失的补偿，贪不得；

乡愁是当年欲望的影子，怨不得；

乡愁是衰老的滋养品，嗔不得；

乡愁是无聊的调和剂，烦不得；

乡愁是人生甩不掉的"尾货"，舍不得。

乡愁是一种忧伤，

是一份悲情；

乡愁是一点温暖，

是一丝柔美。

我们一定记得——

归乡的华侨和台湾的老兵，

他们在故乡的土地上长跪不起。

他们狂吻黄土，哭爹喊娘；

他们挥泪失声，几近疯狂。

那是岁月的魂魄在恸哭，

那是人性的云雨在挥洒，

他们把冰冷的乡愁化成了烈火。
那山呼海啸的气势，
那无我忘情的境界，
算得上是乡愁的"极品"。
都说人被乡愁纠缠是一种痛苦，
其实也不尽然。

聚会，我匆匆地来了

2017 年 2 月 20 日

写于原六十九军大学生兵的一次聚会。首师大中文、数学、音乐、美术等系的齐生平、李振仪、关振军、马蜀瑜、赵秀仁、莫日根、谭以书、魏梓慧等人参加。

我匆匆地来了，
生怕记错建国门站的出口，
大老远赶过来，
只想见见满头白发的战友。

我没带什么东西，
只带了入伍时的合影，
还从当年写的诗里选了几首，
算是送给大家的礼物。

其实这几十年的事，
不说大家也清楚，

心里一直互相惦记着，
来了就是最好的问候。

喝吧，今天一定要喝酒；
说吧，想起啥来就开口。
千万别嫌谁谁啰嗦，
因为说多少也说不够。

聚会散了，
离别时不要难受，
请把今天的温暖打包带走，
还有那沉甸甸的祝福。

到了长安街口，
互相再扯动扯动衣袖，
或点点头，或挥挥手，
轻声说一声：慢走，慢走！

【邢长师简历见上卷第 224 页】

滕 启（9首）

献给你，亲爱的音乐

1994 年 1 月 1 日

此诗曾于该年 9 月在北京机械工业学院校报上刊出。2008 年 12
月又刊于北京回龙观风雅诗社《风雅集》第 3 期（总第 10 期）上。

亲爱的音乐，

让我高声把你赞颂！

你像蓝天一样高远，

像大海一样澎湃，

像山川一样雄伟，

像草原一样静阔。

如霞、如潮，

如虹、如雨，

如峰、如雪，

如花、如月。

环宇中最美的一切，

无法同你比拟；

千百年最美的文字，

无法把你叙说。

你将飘逸的身躯，优美的情愫，

化作一曲曲梦魂神往的乐歌。

啊！　亲爱的音乐，

你那柔美的旋律，

时刻在我心中荡漾。

永远陪伴着我，

去体验人生的喜怒哀乐，

去经历人生的风雨坎坷。

圆　明　园　祭

1997 年 6 月

此诗为北京市海淀区文联举办的"雪国耻，庆回归"征文活动而作，曾刊登于回龙观风雅社《风雅集》2009 年第 2 期（总第 12 期）上。

多少次，

我走过妳的身旁；

多少次，

我抚摸妳，

大理石上斑驳的刀伤。

我是妳的儿子，

尽管没见过妳

先前的模样；

我是妳的儿子，

从小听人说，
妳曾经美丽无双。
那个黑暗的夜晚，
妳被一群，
强盗欺辱；
那个黑暗的夜晚，
已将仇恨烙在我心上。
让我叫一声——妈妈，
我已经长大，
身体像大树一样强壮。
让我为妳抚平创伤，
用妳给予儿的臂膀，
再创历史的辉煌；
用妳传给儿子的热血，
献给祖国的大爱
——无疆！

七十感悟

2014 年 9 月

时光带走了纯真，
岁月苍老了容颜，
阅历成熟了心智，
年龄丰富了人生。
不断地沉淀，

使我们不仅拥有了美好的世界，
而且还能保有一份淡泊的心境。
云有云的归宿，
风有风的飘零，
人生之旅各有各的向往。
那些灯红酒绿，
那些浮华喧嚣，
本来就不是人生应有的颜色。
敢于面对，
才是真正的强大；
勇于放下，
才是心胸的豁达。
一个人生命的长短，
不要去苛求年龄，
贵在心理年轻；
生活不只是金钱，
贵在怡乐心情。

一　片　云

2015 年 7 月 4 日

妳是一片云，
在黎明前，
静静地、静静地梳妆。
没有惊动繁星，

没有吻别月亮，
在晨曦中飘向远方——

妳是一片云，
阳光给了妳充足的能量，
蓝天给妳插上翅膀，
飞向那熟悉的远方。

妳是一片云，
带着依恋，
带着忧伤，
带着思念，
带着向往。
离别了诗的园地，
告别了词的海洋。

妳是一片云，
在环宇中，
翩翩起舞，
吟诗歌唱。
为大地展示着妳的风韵，
为朋友留下悦耳的音响。

妳是一片云，
追逐着西去的太阳，
细雨为妳洗去了娇体的尘埃，

晚霞为妳披上了嫁娘的丽装。
霓虹环绕着妳，
是妳放射出的灿烂光芒。

啊！
妳不是一片云，
妳永远是我心中——
朝思暮想的姑娘！

奇　　妙

2017 年 5 月 10 日

我们相识得那么偶然，
我们相处得那么暂短。
你那气质和风度，
你那品德和容颜，
时时在我心中激起波澜。
人生的路，那么长远，
不知在哪个时间，哪个地点，
能遇上让你难忘的人选。
世上有很多相逢，
竟是那么奇妙，
那么难以思辨……

珍　惜

2017 年 5 月 12 日

尽管我们没有见过几面，
尽管我们没有几句言谈，
但心中的感觉像春风一样温暖，
吹走了心中的冬寒。
这种异样的感觉呀，
在每个人的一生中，
只有少数人才能遇见。
珍惜她吧，值得庆幸，
尽管逝去，心中祈盼。

赴 康 桥

2017 年 11 月 7 日

我们即将驶抵向往已久的康桥，
浪漫诗人徐志摩的诗——再别康桥，
此时在我们心中掀起了更大的波涛。
让我们急速地奔向康桥，
伸出双臂紧紧地拥抱她，
我心中美丽的姑娘。
再别，把我们带回到美好的历史回忆。
诗句，为我们此刻的旅游增添了绚丽的篇章。

绿草如茵，杨柳垂堤，

让我们乘着小船，

向着遥远的未来划去，划去……

涛　声

2018 年 1 月 13 日，写于斯里兰卡外滩海滨宾馆阳台。

涛声是大地的双亲对儿女的召唤：

轰隆如雷——

那是父亲的权威对孩儿的训言；

轻柔如乐——

那是母亲的细语对子女的爱恋。

大海呀，故乡，

大海呀，家园。

无论孩儿走到天涯海角，

无论人生遇到多大挫折困难，

儿女时刻都能听到，

那熟悉的涛声——父母的召唤。

那涛声——给我信心和力量，

那召唤——使我无比的幸福和温暖。

今天我又来到海边，

聆听那涛声不断；

我又来到双亲的身边，

接受父母的嘱托，

直到永远，永远……

太 阳 泪

2018 年 8 月 11 日

阵阵风雨打湿了我的衣衫，
那水珠犹如友人的泪滴，
砸向了我的心迹。
雨过天晴，
不再迷离。
太阳出来啦，
今后我要倍加珍惜，
未来的日子，
人心不再移。

【滕启简历见上卷第 231 页】

风范永存：追思李燕杰老师

首师大青年教育艺术研究所副所长兼党支部书记
李彩英

"一代大家，演讲震撼亿万心；忠诚战士，毕生传播真善美。"2017年11月22日上午10点，沉痛悼念李燕杰教授的告别仪式在北京八宝山公墓举行。从老师离世到最终与老师告别，7天的时间，我和同事们朋友们沉浸在悲伤与追思中。"我毕生的职业是教师。""青年是我师，我是青年友。""生命不息，演讲不止！"老师的话常响起在耳边；"敬业爱生，教书育人，敦品铸魂。"老师的教导常引起我思考。

我是在1988年7月入职，到老师身边工作的。工作第一天听老师教诲：正直做人，严谨治学；教师要有高远理想与忠贞信念，时刻把党和人民的利益放在心上，放在首位。"作为中国人要常常想自己为祖国做了什么。"爱国、爱教育、爱青年、爱演讲是老师心中的理想。

"我自己是一个很有理想的人。早在儿时，我就有一个教师梦。11岁的时候，我把梦想写成作文《我志愿当教师》，发表在《北京晨报》上。以后一直追随梦想，首都师范大学圆了我的教师梦。""我的演讲梦受郭沫若影响。18岁的时候，骑车去北大红楼听课，一进教室就看到郭老在演讲，至今都记得他说的话：'今天我沐浴在金黄色的党的阳光下，沉浸在青年的海洋当中，我也变得年轻了许多。'演讲语言如此美好有魅力，如此打动人。我立志要学习演讲，练习演讲，用演讲影响更多人的心灵。"老师曾这样告诉我。

功夫不负苦心人。1977年1月25日，北京市运输局邀请老师去做报告，这是他在社会上的第一次公开课，一时引发轰动，他由此走出"象牙塔"，奔向"十字街头"。1980年，在首都师范大学党委支持下，他在北京东郊体育馆小礼堂向首都高校领导介绍教书育人经验，新闻媒体对此进行广泛报道，引起党中央、北京市委及国家教委等部门极大关注。多位领导同志先后到首都师范大学看望老师，肯定他热心做青年工作的成果，鼓励他继续做好青年思想教育工作。1982年，他应邀到上海演讲，在文化广场、黄埔体育馆演讲，6天听众逾5万人，在上海产生轰动效应。此后，华夏大地出现"李燕杰热"和"李燕杰现象"。

心怀理想与信念的人必然勇往直前，领时代之先，也必然被时代铭记与怀想。一位学生回忆说："李燕杰是20世纪80年代演讲台上的明星，那时几乎每天都有他的报告，挤不进屋的人坐在墙根下，或者洗掉磁带上的港台流行歌曲录上他的演讲，然后对着录音机鼓掌。那时我上小学，每天晚上中央电视台《新闻联播》之后，都在播放李老师的演讲。他的演讲从内容到风格，生动活泼，不落俗套，引人入胜，令人耳目一新。再以后他经常在全国各地巡回演讲，进行思想道德教育的大众化、通俗化、普及化工作。我经常看李老师的演讲录像和演讲集，并将其中的格言警句铭之座右。"

开弓没有回头箭，老师一讲就是40个春秋。在他88年的生命中，从教60多载，一直忠诚着梦想，践行着梦想，也收获着实现梦想而获得的鲜花和掌声。他在880多个城市演讲6600多场，直接听众接近千万人。他的演讲有"按照美的规律塑造自己""德识才学与真善美""祖国儿女为中华腾飞而拼搏""投身改革大潮"等380多个专题，被誉为"共和国演讲家"。

在他成功的背后，许多经历令我感动。他被诊断为癌症晚期的第三天，就又站上讲台演讲。我劝他注意休息，他笑呵呵地说："我这是舍命陪君子。为听众必须做到两肋插刀。"他说最痛心的是忠孝难两全，父亲过世时没能陪在床前："当时我正在台上演讲，大约就是演讲刚刚开始 10 分钟的样子，主持人递给我一张纸条，上面写着：'李老师，您父亲过世了。'怎么办啊？我多想立刻奔到父亲的身边。可是，演讲事业大于天，演讲讲德厚于地。我必须先完成演讲啊。自从我登上演讲台，我没有辜负任何一位听众。"

因为演讲，他创作出 3000 多首演讲诗，以达到瞬间引领听众进入情境、拉近和听众的距离的效果。一次到医院演讲，一上台他发现医务人员注意力不够集中，当即创作小诗："每当我忆起那病中的时光，白衣战士就引起我深情的遐想。他们那人格的诗，心灵的美，还有那圣洁的光，给我以顽强生活的信心，增添着我前进的力量。"他捕捉听众心底的诗情，以诗育人，将高尚与善良诗意地栖居于听众的心灵。冰心评价李燕杰："诗之心，国之魂，诗如其人。"贺敬之说："李燕杰给语言插上诗歌的翅膀，飞到了青年心上。"

因为演讲，他写出并赠送给听众 3 万多幅书法作品。2016 年 11 月，教育部"国培计划"首都师范大学高中优秀班主任培训开班，87 岁的李老师要求主讲"班主任的教育艺术"。课前他为 50 位学员每人撰写了一幅书法作品，内容有"教育是科学，教育更是艺术""宠辱不惊看庭前花开叶落，去留无意望碧空风卷云舒"等。课后，江西省九江市一位老师问能否请先生再为班上的孩子写一条幅。李老师知道后，连夜就写好："山阻石拦，大江毕竟东流去；雪辱霜欺，梅花依旧向阳开"，第二天上课就交到这位学员手里。

老师博学博爱，潜心问道，关注社会，寓德育于智育、美育之中。1980年3月25日，新华社的一篇通讯在探讨"政治性很强的大道理，怎样才能让青年学生乐于接受"时总结了李燕杰的经验：在讲理论时，有点哲理；在授知识时，有点新意；在语言表达上，有点趣味，道出了老师演讲教育艺术美的奥秘。讲课中他追求对青年人的思想和情感的触动和引领，实现"忠言不逆耳，良药不苦口"，让躺在字面上的文字产生生命力的语言效果。他主张对学生要爱，要信任，要善于和他们做朋友。给青年人演讲，要充分调动诗朗诵般的激情，相声般的幽默，小说般的人物形象，戏剧般的矛盾冲突，蒙太奇般的衔接手法，吸引他们，形成铸魂育才的"磁场"，实现青年对演讲内容的入耳入脑入心。

老师在60多年的教学生涯中，对党和人民的教育事业无限忠诚。1962年8月他毕业留校首都师范大学任教以来，长期奋斗在教书育人第一线，先后在首都师范大学、清华大学和北京大学等高校教授过中国文学史、中国文化史、中国图书史、教育艺术研究及演讲美学等课程。在教学工作中，他敬业爱生，以渊博的学识和生动的授课得到历届学生的高度评价，多次被评为先进教育工作者，被团中央等部门评为全国优秀青年教育工作者。

老师的一生是读书、教书、写书的一生。他很引以为傲曾被评为北京市"藏书状元"。在他工资很微薄的时候，每月都要拿出很大一部分用于购书，个人藏书达到了3.5万册。他有个固定的习惯，每天凌晨四点起床，开始读书学习。他说，"三更灯火五更鸡，正是男儿读书时"，这是他人生最大的乐趣。他坚持教学与科研结合，理论与实践结合，撰写编著出版书籍60余种，逾千万字，包括《塑造美的心灵》《爱与美的追求》《不是第一，就是唯一》《生命在高处》《演讲美学》

等。《塑造美的心灵》一书由上海人民出版社出版，连同各省印数，销售量高达 1000 多万册。

塑造美的心灵，是老师毕生的追求。他强调教学要有美的构思，美的表达，美妙的思想，美好的形象。他自己对此身体力行，无论在 50 岁还是 87 岁，无论是讲 1 小时还是 3 小时，无论听众是几十人还是上万人，他都坚持不喝水，不坐下，不休息。对学生提出的问题，无论多么疲劳都会耐心解答。他说："教育是灵魂对灵魂的影响，心灵对心灵的呼唤。""与青年交往来不得半点虚假，就要真实、真心、真诚。"他接到 16 万封青年来信，向他倾吐心声。他把这些来信当成"人生至宝"。

仰望星空，师之足迹已在天边，逝在天涯；低头凝思，师之教诲孜孜不倦，永记在心。

编后——

一生同窗夕照明

孙月焕

又是一年金秋送爽的季节，也是我们编辑部收获的日子。《老同学诗抄》即将付梓了，回顾这一年多的编写经历：从全书策划、提出方案、完善组织、动笔创作、征集诗稿、审读加工、整理编排，直到最后把 56 位老同学 600 首诗作定稿打印交付出版社，真是百感交集，心中很不平静。

我们是一群"文革"前入学，"文革"中毕业的学子，人们通常称我们为老五届大学生。关于我们这一代人，社会上有不少微词，有人说我们是"青黄夹生"的一代，甚至说我们是"折隼"的一代。但是特殊的人生经历，促成了我们特殊的奋斗历程。在共和国最为艰难的时期，我们于迷茫中探索，在逆境中抗争，始终与祖国同呼吸，与人民共命运，不屈不挠、砥砺前行，一直为祖国和人民奉献着我们的青春和热血，乃至毕生的精力。

我们首都师范大学的老五届大学生，大多数从事北京市的中等教育事业。近 40 年时间，我们当中涌现出一大批中学高级教师和特级教师，有的还担任了市、区（县）教育部门的领导，是北京市中教战线上的一支生力军。同学中还有全国全军重点高校的教授和博导，有荣登中央电视台"百家讲坛"的中国社科院研究员，有获得多种奖项的著名儿童文学作家，有在新闻出版界蜚声海内外的编审，有在国家党政机关担任重要职务的公务员，还有在经济战线上开拓进取、硕果累累的企业家。

我们这些老大学生，无论在什么领域，从事什么工作，都踏踏实实、任劳任怨，以甘当铺路石的精神，清除因"文革"给教育战线造成的种种危害，填补因"文革"给各行各业带来的人才断档的空白。伴随着共和国前进的步伐，我们用担当和奉献度过了半个世纪的坎坷人生。

退休之后，我们沐浴着温馨的夕阳，尽享含饴弄孙的天伦之乐，但仍然不忘为国家、为社会、为后代发挥余热。我们自愿组织起来，克服许多困难，从花甲之年到年逾古稀，共编写和创作了《汾水留痕》(香港天马出版公司 2012 年 6 月版)、《半个世纪的征程》(首都师范大学出版社 2014 年 9 月版)、《那个年代，那群大学生》(时代文化出版社 2016 年 8 月版)等两部大型回忆录和一部长篇纪实小说。这三部作品的出版，不仅以其独特的风格和光彩映照着启迪着不断前行的人们，而且也以其特有的魅力和精神影响着教育着努力奋进的青年一代。

自去年四月开始，我们感觉身上仍有一股劲儿，还可以再做一番事业。这时黄建霖同学提出为圆大家青年时代的文学梦，是否可以再出一本《老同学诗抄》，用古稀老人亲自创作的诗词，讴歌改革开放后日益强盛的祖国，讴歌以雄健的步伐，迈向两个一百年的新时代。于是从位于亚运村的中国科技馆酝酿起步，到德外徽州小镇成立编辑部，我们开始了又一个全新的征程。

令人格外兴奋的是，我们编写《老同学诗抄》的设想一提出，即得到了恩师李燕杰教授的鼎力支持。他不顾自己年迈多病，满腔热情地指导《诗抄》的编写工作，并应我们之邀担任了《诗抄》编委会主任一职。后来他病重住院，还在病榻上为我们撰写了《诗抄》的序言。他一生爱诗、写诗、讲诗，早年即主编了《中国诗歌史》。做为他的弟子，我们也爱诗，也喜欢写诗，甚至要集体出一部诗集。对中国诗词文化的热爱和尊崇，把我们师生的心紧紧地连在一起。我们的共同目的，就是要继承和发扬中华民族优秀的传统文化。

去年 11 月 16 日，李燕杰教授永远离开了我们。在追悼大会上我们默默立下誓言：一定要在恩师逝世一周年之际完成他的遗愿，用正式出版的《老同学诗抄》祭奠他的在天之灵。在起草《诗抄》编委会和作者名单时，我们思忖再三，还是决定不在恩师名字上加示亡号，同样的情况还有年前去世的明史专家商传校友和十二年前就已经离开我们的苏德鑫同学。我们始终认为：他们从来没有离开过我们，他们永远活在我们心中。

《老同学诗抄》就要出版了。在此，我首先要向黄建霖和齐生平同学表示深深地敬意。

黄建霖是我的同班同学，他为人正直、爱憎分明，非常热心公益事业和念及同学情谊，我们年级出的几部书都是他一手策划的。整部《诗抄》从设想创意到框架构思，从组织人选到计划实施，他总是身先士卒，甚至连组稿（如商传等外系和清华、北大等外校学友的稿约）及联系开会地点等这些琐碎的事情，他也亲力亲为。黄建霖与恩师关系十分密切，从聘请李燕杰老师担任《诗抄》编委会主任到组织同学去探视重病在身的恩师，从通知大家参加追悼会到安排人员出席追思会，他都大包大揽。终审终校阶段，他虽然人在国外，但仍然通过网络，时刻关注着《诗抄》的进度，甚至亲自参与了《诗抄》的装帧设计工作。

齐生平主要负责《诗抄》的编辑工作，还参与了组稿活动。他先后征集了本校和北京工商管理专科学校（现为首都经贸大学工商管理学院）、北大等外校学友的几十篇诗稿。在统稿统编中，从总体筹划到具体布局定篇，从上下卷结构到五大板块排序，他都提出了很好的方案并付诸实施。对 50 多位学友的 800 多篇诗稿，他逐人逐篇进行审阅、筛选、梳理、加工和润色。在海军总医院的病榻前，他帮助李燕杰老师完成了《诗抄》序言的写作；并撰写了编写说明、诗抄略览，以及上下卷注释等多种文字。在一年多的时间里，齐生平勤勤恳恳、兢兢业业，特别是在酷暑难耐的三伏天，仍然终日伏案，连读奋战，为《诗抄》最后定稿倾注了自己的全部心血。

我还要感谢茹宁和景淑静同学，这两位巾帼分别担任了《诗抄》编辑部主任和副主任工作。

茹宁主要协助齐生平做《诗抄》全书的编录工作。她身兼数职，边审边录边打印。遇到问题，或与作者沟通，或反复查询资料，寻出处，校词语、核字句，对诗稿进行深度加工，前后共整理录入打印了三遍之多。她还和张懿水同学一起，对诗抄大样仔细校对，其认真负责、一丝不苟，尽心竭诚为学友服务的精神令人感动。

景淑静主要协助黄建霖做与《诗抄》相关的出版工作。她曾独自一个人去联系出版社，并去母校联系设计人员。她多次同黄建霖一同去出版社洽商出版事宜，并陪同我和出版社签订了正式的出版合同。她还承担着《诗抄》的监印工作，直至成品问世。

我还要向《诗抄》征集小组的其他十几位同学表示衷心的感谢。

一班的任怀晋、张钟媛和刘铁铮，利用全班聚会的机缘来了一次总动员，很快就征集到十一名学友的近百首诗作，尤其是任怀晋竟然征集到亡友苏德鑫十几年前的遗作。张钟媛除本班同学外，还征集了北京工业大学学友的诗稿。

二班戎俊生、许淑敏和张懿水采用分工分人、各负其责的办法，既帮助学友选题，又帮助学友修改加工。戎俊生还协助黄建霖完成了北大、清华以及北京理工大学等老五届学友30多首诗词的征集和整理任务。

三班南柠、何颖和景淑静所采用的征集方法又有不同，他们分批分步骤层层发动，先征集诗词创作大户的作品，继而深入到每个人。最后随着黄建霖25首诗完稿，三班竟然后来者居上，以131首的总量在全年级独占鳌头。

四班尉晓莹、张小薇和邱聚南则心系学友，打友情牌。他们通过过细的工作，把征集诗稿做到每一位学友的心坎上。因此，四班的征集活动由始至终，都充满着浓浓的温情，他们征集来的许多诗稿更是洋溢着深厚的同窗情谊。

刘铁铮、戎俊生、南柠和张小薇同学，还对本班的诗稿进行了初审和加工。张懿水同学则全程参加了诗抄的校对工作。

《诗抄》征集小组是个团结的集体、和谐的集体，是个吃苦耐劳、特别能战斗的集体。我们大家紧密团结，共同奋斗，排除干扰，克服困难，终于完成了恩师李燕杰教授的遗愿，出版了这部诗抄。用我们手中的一支笔，为伟大祖国唱颂歌，为同窗情谊唱赞歌，为晚年生活唱欢歌。从而为社会、为子孙后代奉献出我们的爱心和力量。

最后我代表《诗抄》编辑部（随着《诗抄》征集小组工作的结束，名称也随之转变），向一直支持、帮助、指导我们编写与出版工作的中国华侨出版社编辑、首师大青研所李彩英副所长、北京十九中汪宏驹副校长，向积极参与《诗抄》稿件征集并奉献出自己佳作的首师大其他系、其他届的校友，向北京工商管理专科学校（现为首都经贸大学

工商管理学院）、北京工业大学、北京理工大学、北京大学和清华大学
的老五届学友，表示最诚挚的感谢和最崇高的敬意！

　　谢谢大家！

2018 年 9 月 5 日

黄建霖

孙月焕

齐生平

陈小玲

程慧敏

房纯德

付经志

韩蕴英

何淑兰

何贤景

何颖

侯振远

黄守忠

贾建国

景淑静

康秀玲

孔祥民

李贵

李振仪

刘本铣

刘家新

刘庆才

刘铁铮

刘燕平

刘仲孝

梅先蔼

孟丽华

 南柠
 邱聚南
 任怀晋
 戎俊生
 商传
 苏德鑫

 苏绍新
 孙福生
 滕启
 田文琪
 王立国
 王瑞欣

 王淑玲
 王玉芬
 王宗汾
 吴林书
 邢长师
 邢莉

 许淑敏
 杨帆
 杨圣佐
 伊怀珍
 袁其采
 张德才

 张小薇
 张懿水
 张治中
 赵盛国
 甄意兰